제철 채소 먹는 기쁨

일러두기
본문에 수록된 영양정보표의 '하루 권장 섭취량 대비 비율(%)'은 30~49세
여성 기준으로 계산했습니다.

제철 채소 먹는 기쁨

계절의
감각을
깨우는

작고
신선한
사치

정고메
지음

21세기북스

'밑'이 아닌
식탁의 중심에서

왜 채소 요리는 항상 '밑반찬'이어야만 할까? '밑'이라는 단어는 어떤 대상의 아래쪽이나 근처를 의미하거나, 무언가를 받쳐주는 기반을 뜻한다.

식탁 위에서도 마찬가지다. 채소는 한 번 만들어두면 꺼내 먹는 기본 반찬이거나 메인 요리인 고기나 생선을 돋보이게 하는 조연으로 여겨진다. 하지만 채소의 삶은 단순하지만은 않다. 잎이 타버릴 듯 뜨거운 태양을 견디고, 온몸이 송두리째 흔들리는 거센 바람을 버텨냈다. 시시각각 닥쳐오는 온갖 위협 속에서도 기어코 살아남은 치열한 일생. 그 삶의 결말이 누군가를 위한 '기반'이라니. 만약 채소에게 감정이 있다면 조금은 억울하지 않을까.

식당으로 눈을 돌려도 사정은 비슷하다. 채소가 팔 할을 차지하는 샐러드에도 반드시 베이컨이나 치즈가 올라가야 제대로 된 요리 대접을 받고, 찌개 속 채소는 국물을 내고 사라지는 엑스트라 취급을 받는다. 세상에서 채소의 존재감은 희미하다. 당연히 그곳에 있으면서 누군가를 빛내줘야 하는 배경 같은 존재. 채소가 '곁들이는 존재'라는 오랜 편견을 내려놓고 싶었다.

나는 오로지 채소만을 식탁의 중심에 놓고 샅샅이 들여다본다. 오늘과 내일 각기 다른 조리법으로 채소에서 미처 발견해내지 못한 지점을 집요하게 파고든다. 어떤 존재든 애정을 가지고 살피면 고유의 매력이 드러나는 법이다. 채소도 그렇다. 국물을 낼 때 쓰이는 대파, 쌈 채소로 놓인 깻잎, 열무김치로 절인 열무라 할지라도 자세히 들여다보면 평소에는 보이지 않았던 '잠재력'이 숨어 있다.

  '밑'이 아닌 식탁의 중심에서

그 잠재력을 발견하는 순간, 평범했던 채소는 비로소 주인공이 된다. 국물만 내고 사라지던 대파는 부드럽고 달큼한 대파 파스타의 주인공이 되고, 열무는 풋내 나는 풀이 아니라 아삭하게 터지는 초여름의 맛으로 변신한다. 1년 중 딱 한 달, 봄에만 허락된 마늘종의 찰나를 맛보고, 평범해 보이던 버섯에서 진국 같은 감칠맛을 끌어내는 경험. 그것은 마치 익숙함 속에 가려져 있던 보석을 캐내는 일처럼 신나는 일이다.

이 책은 바로 그 잠재력을 탐구해온 한 '채소 덕후'의 관찰 일지이자, 채소를 가장 맛있게 먹기 위한 실용적인 기록이다. 단순히 몸에 좋아서 채소를 먹는 것이 아니다. 채소가 가진 맛과 향, 식감을 최대로 끌어올리는 조리법과 그 채소들이 밋밋한 집밥을 어떻게 다채롭게 채워줄 수 있는지를 안내한다. 또 바쁜 일상에서도 지치지 않고 채소 집밥을 반복할 수 있는 노하우들을 담았다. 대단한 요리 기술서는 아니지만, 일상에서 채소를 활용해서 감탄할 만큼 맛있는 집밥을 만들어줄 것이라 확신한다.

채소를 자세히 들여다보는 일은 신기하게도 '나'를 들여다보는 일과도 닮아 있다. 평범하고 눈에 띄지 않는 나라는 존재도 자세히 들여다보면 고유한 면모들을 가지고 있다. 또 내 입맛에 맞게 채소를 조리하는 과정에서 새로운 나의 모습을 만나기도 한다. 아무리 일상이 바쁘고 고단해도 내가 '채소 집밥'을 멈출 수 없는 이유가 여기에 있다. 제철 채소를 만지고 요리하며 계절의 변화를 섬세하게 느끼는 일, 흔한 재료로 새로운 맛을 창조해내는 기쁨, 그리고 나를 위해 정성껏 차린 한 끼를 먹는 시간. 이 모든 과정은 결국 나를 돌보는 기술이다.

식탁의 조연이었던 채소가 주인공이 되는 순간, 평범한 일상도 조금은 더 특별해진다. 이제부터 펼쳐질 이야기들이 당신의 식탁에 맛있는 영감이 되기를. 당신이 발견할 채소의 새로운 잠재력이 매일의 일상을 반짝이게 해주기를 바란다.

 '밑'이 아닌 식탁의 중심에서

차례

가장 보통의 채소,
가장 특별한 잠재력

아삭한 초여름의 맛, 열무의 재발견

아삭하게 절인 열무에
새콤달콤한 양념이 듬뿍! 참기름 향까지
솔솔 퍼지는 초여름 한 그릇.

열무 비빔국수

점심을 먹으려고 습관처럼 냉장고를 열었다. 텅 비어 있는 냉장고 안에는 된장 한 통, 고추장 한 통, 겨울에 담근 작은 김치통이 전부다. 의외로 봄은 1년 중에서 가장 채소를 구하기 힘든 시기다. 언 땅이 이제 막 녹기 시작했으니 파종하기엔 일러서 당연히 채소의 가짓수도 적고 물량도 많지 않다. 그렇다 보니 하우스 채소들의 가격은 이따금 몇 배로 뛰기도 한다. 초봄에 신나게 먹었던 봄나물도 3월 말이면 자취를 감춘다. 말린 나물의 거무죽죽한 색, 겨우내 먹었던 뿌리채소도 조금 질렸다. 푸릇한 색으로 가득하고 수분감 가득한 아삭아삭한 채소들을 양껏 먹고 싶다. 몸은 벌써 봄을 감지했는지 더 많은 신선한 채소를 내놓으라며 아우성이다.

봄에 찾아오는 '채소 보릿고개'와도 같은 시기에 나를 구제해주는 채소는 다름 아닌 '열무'다. 열무는 열무김치를 위해 태어난 것이나 다름없을 정도로 김치 외에 쓰이는 일은 생소하다. 그러나 열무의 매력은 알면 알수록 끝이 없다. 나는 매달 제철 채소들을 기다리지만, 그중에서도 가장 손꼽아 기다리는 채소가 바로 열무다. 어쩌다 열무에 푹 빠졌냐고? 그건 호기롭게 열무 1kg 한 단을 집어 들면서 시작되었다.

몇 해 전 어느 초여름날, 회사를 그만두고 시간이 널널해진 탓에 만드는 데 시간이 오래 걸리는 요리들을 마음껏 해 먹는 행복한 순간들을 보내고 있었다. 베이킹부터 시작해서 두부 만들기, 직접 따온 황매실로 매실청 담그기까지…. 그중에는 당연히 김치 담그기도 있었다. 작년 겨울에 처음으로 김장김치를 혼자 담가보았는데, 너무 조금 담근 탓에 조금씩 아껴 먹는 중이었다. 묵은 김치를 아껴 먹자니 시원한 열무김치 생각이 간절해졌다. 새콤하게 익은 열무김치 한 국자에 얼음 동동 띄워 탱글탱글한 소면 말아먹기. 이미 구체적인 맛이 떠오른 이상, 먹지 않고는 풀리지 않을 마법이라도 걸린 듯 기어코 열무김치 국수를 먹어야만 했다. 그것도 직접 담근 열무김치로.

그렇게 생전 처음 열무 한 단을 사게 되었다. 그러나 막상 열무 한 단을 직접 마주하니 약간 망설여졌다. 혼자 사는데 열무 한 단이라니…. 대충 보기에도 1kg이 넘어 보였다. 당연히 전부 열무김치로 만드는 것은 무리다. 그만한 양의 김치를 만들 수 있는 바구니도, 보관할 김치통도 없다. 남은 열무는 된장국을 끓여 먹든가 나물로 무쳐 먹어야겠다고 생각하며 열무 한 단을 들고 비장하게 집으로 왔다.

맵싸한 풀 향기 뒤로 번지는 매력적인 풋내

열심히 열무김치 레시피를 검색했다. 생각보다 열무김치를 담그는 과정은 어렵지는 않았지만, 모

　　　　　아삭한 초여름의 맛, 열무의 재발견

든 레시피마다 '풋내'라는 것을 언급하고 있었다. 열무를 세게 문지르면 풋내가 난다는 것이다. 새로 배운 것을 착실하게 따라 열무에 소금을 살살 뿌렸다. 그런데 '풋내'의 정체는 뭘까? 문득 궁금해져 작은 열무 한 조각을 집어 생으로 먹어보았다. '아삭아삭' 씹다 보니 맵싸한 풀 향기 뒤로 씁쓸한 맛, 약간의 짠맛, 뒤이어 약간의 단맛이 돈다. 이 풀 향기를 풋내라고 하는 것일까?

사실 생열무의 맛은 의외로 나쁘지 않았다. 평소 루콜라의 맵싸한 향을 좋아해서일까, 열무 특유의 풋풋한 쓴맛이 낯설지 않았다. 맛을 보아도 궁금증이 완벽히 해결되지 않았다. 열무 풋내의 원인은 무엇일지, 왜 풋내가 나면 안 되는지, 또 왜 열무로 만드는 요리는 열무김치 말고는 없는 것인지 궁금해져서 더 깊게 찾아보게 되었다.

대표적인 열무 특산지인 고양특례시의 농업 정보에 따르면 열무의 어원은 '여린 무'에서 비롯되었다는 설명이 있다. 무보다 상대적으로 쉽게 시설 재배할 수 있도록 무를 품종 개량한 것이다. 무의 잎을 섭취할 목적으로 개량되었기 때문에 열무의 뿌리는 무처럼 비대해지지 않는다. 열무는 길게 뻗은 줄기 양옆으로 곧장 여린 잎이 달려 있다. 줄기와 잎 모두 연하기 때문에 작은 상처에도 휘발성 화합물이 방출된다. 방출되는 화학 성분에 따라 약간의 풀 향과 알싸한 냄새가 나는데, 이 복합적인 향을 두고 '풋내'가 난다고 하는 것이다. 특히 십자화과의 채소는 매운맛과 쓴맛이 다른 채소보다 강하다. 내가 맡았던 풀 향이 풋내가 맞는 것 같았다. 그런데 루콜라의 매운 풀 향은 향신채소의 매력으로 분류되는데 왜 열무의 풀 향은 제거해야 하는 것일까? 루콜라만큼 고소한 맛은 없더라도 열무의 특성도 잘 활용하면 충분히 매력적인 요소가 될 수 있지 않을까?

그래도 처음 담그는 열무김치이니 안전한 길을 택한다. 소금을 뿌린 열무는 조심스럽게 한두 번만 앞뒤로 뒤집었다. 간이 들었는지 보려고 소금에 절인 열무를 맛보고는 깜짝 놀랐다. '아삭' 하고 씹히는 경쾌한 식감과 동시에 소금의 짭짤함이 느껴지고 뒤이어 달큼함이 맴돌았다. 아까 맡았던 맵싸한 풀 향은 훨씬 매력적으로 바뀌어 있었다. 살짝 남아

　　　　　아삭한 초여름의 맛, 열무의 재발견

있는 쌉쌀함이 오히려 입맛을 돋운다. 살짝 양념만 해도 너무 맛있는 뭔가가 될 것 같은 아이디어가 마구 떠오르기 시작했다.

왜 다들 그렇게 열무의 풋내를 두려워한 걸까? 김치를 버무리는 과정에서 상처가 나는 건 당연한데, 왜 다들 그토록 풋내를 경계했을까? 페스토처럼 완전히 갈아버리는 게 아니라면, 열무를 절이거나 생으로 즐길 수 있는 맛있는 방법이 분명 있을 거란 예감이 들었다. 아니, 오히려 아무도 안 해봤기 때문에 해보고 싶은 의욕이 샘솟았다.

열무의 아삭한 식감과 입안에 퍼지는 향긋함

열무의 숨겨진 가능성을 엿본 순간 나는 진지하게 깊이 빠져들었다. 열무의 특성을 찬찬히 뜯어보자. 가장 매력적인 요소는 바로 '식감'과 통통한 줄기 속 '아삭함'이다. 아삭한 채소들 사이에서도 열무의 아삭함은 보다 경쾌하다. 셀러리, 청경채, 상추 같은 채소와 비교할 수 없는 독보적인 아삭함이 있다. 이 아삭한 식감을 제대로 살릴 방법이 뭘까? 문득 〈삼시세끼〉에서 봤던 생열무 비빔밥이 떠올랐다. 갑자기 허기가 몰려와서 곧장 밥을 데운다. 김이 모락모락 나는 밥 위에 열무를 가위로 썰어 넣고, 고추장 한 큰술, 참기름 한 바퀴 둘러 마구 비볐다. 한입 가득 떠먹으니, 매콤한 양념 속에서도 생열무의 아삭함이 선명하게 살아 있었다. 매콤한 양념에 열무의 쓴맛이 가려지고, 씹을수록 달콤해지는 밥과 고소하게 퍼지는 참기름까지. "너무 맛있잖아!"를 연신 반복하며 정신없이 그릇을 비워낸 그날, 나의 본격적인 열무 탐구 생활은 막을 올렸다.

다음 타자는 생열무 김밥. 이 김밥은 밥과 열무의 비율을 맞추기 위해 꼬마김밥이어야 맛있다. 속재료는 열무의 매력을 한층 살려줄 깻잎과 단무지뿐. 김밥 김은 반으로 자르고 열무와 단무지도 김밥김 길이에 맞춰 자른다. 이때 밥은 보리밥으로 만들면 더욱 환상적이다. 열무와 보리밥은 짝꿍이나 다름없으니까. 깻잎 한 장을 깔고 그 위에 단무지, 열무를 올려 돌돌 말아준 뒤 참기름을 살짝 발라 세등분으로 썬다. 열무 김밥엔 양념장이 빠져서는 안된다. 고추장 1큰술, 매실청 0.5큰술, 식초와 설탕을 살짝 넣고 섞는다. 열무 김밥을 젓가락으로 집어 양

　　　　　　　　　아삭한 초여름의 맛, 열무의 재발견

넘장에 살짝 찍어 한입에 쏙 넣는다.

입에서 곧바로 느껴지는 아삭아삭한 식감과 뒤이어 입속에서 고소한 감칠맛의 김과 단무지의 달콤함, 매콤새콤한 고추장 양념이 한데 어우러진다. 마치 초밥처럼 가볍고 동시에 샐러드처럼 상쾌하다. 김 안에서 각 재료가 어우러져 비로소 하나의 맛으로 완성되는 김밥이야말로, 생열무의 매력을 오롯이 즐기기에 더할 나위 없는 요리다.

영양을 고루 갖춘 효율적인 채소

이렇게 열무의 매력을 발굴한 뒤로 나는 매해 늦봄과 초여름 사이에 열무로 해 먹을 수 있는 모든 요리를 시도하고 있다. 샐러드나 샌드위치에 넣어 맵싸한 향으로 포인트를 주기도 하고, 유자청과 함께 절여 피클을 만들기도 한다. 또 된장과 간장, 페페론치노와 함께 열무를 볶아서 태국식 볶음을 해 먹는 것도 좋아한다. 무더운 여름에는 감자를 갈아 넣고 된장에 푹 끓여 강된장을 만들어 찐 양배추에 쌈을 싸 먹으며 더위를 잊기도 한다.

그중에서도 가장 최근에 발견한 최애 열무 요리

는 단연 '생열무 비빔국수'다. 정말 좋아해서 일주일에 세 번을 연달아 먹었을 정도다. 소금과 식초에 잠시 절인 열무. 그 절임물에 고추장, 식초, 설탕을 풀어 만든 양념장을 섞어 참기름을 두르면, 그야말로 초여름이 한 그릇에 담긴다. 아삭한 식감에 중독적인 새콤달콤한 맛이 입안에서 터진다. 이렇게 열무만 내리 먹으면 영양이 부족하지는 않을까 걱정된다고? 걱정하지 않아도 된다. 의외로 열무는 영양을 고루 갖춘 채소니까.

나는 레시피를 만들 때 들어가는 모든 재료를 계량해서 영양 정보 데이터를 만들어왔다. 식약처에서 제공하는 식품영양성분 데이터베이스를 바탕으로 오늘 먹은 요리의 영양 정보를 만들어서 보완할 점을 살펴본다. 채식을 시작하면서 혹시라도 영양이 부족하지는 않을까 궁금해서 시작했던 일인데, 4년이 지난 지금까지도 꾸준히 이어지고 있다. 500개가 넘는 요리 데이터베이스가 쌓이다 보니 자주 섭취하는 채소들의 영양 성분을 기억하기도 하는데, 수많은 채소의 영양 정보를 살펴보면서 가장 놀란 채소 중 하나가 바로 '열무'다. 대부분의 채

        아삭한 초여름의 맛, 열무의 재발견

소는 특정 비타민이나 무기질이 강조되는 모습을 보이지만 열무는 비타민부터 무기질까지 고루 갖추고 있었기 때문이다.

아래 표를 보면 열무 100g을 통해 섭취할 수 있는 영양 성분들을 확인해볼 수 있다. 그 밖에도 인, 칼륨, 아연, 구리, 셀레늄, 비타민 B군도 소량 섭취가 가능하다. 열무 100g에 눈이나 피부 면역력 향상에 도움을 주는 비타민 A, C, 그리고 뼈 건강에 도움을 주는 칼슘, 마그네슘, 비타민 K까지. 몸에 이로운 영양소들이 열무의 작은 잎줄기에 빼곡히 들어 있는 셈이다. 열무에 탄수화물과 단백질만 더한다면, 여러 가지 채소를 섭취하지 않아도 영양소를 고르게 섭취할 수 있다. 열무와 형제 격인 '얼갈

열무 100g의 주요 영양 성분(하루 권장 섭취량 대비 %)			
단백질	1.9g(4%)	비타민 A	225㎍(35%)
식이섬유	1.8g(9%)	비타민 K	380㎍(584%)
칼슘	127mg(18%)	엽산	71㎍(18%)
철	1.13mg(8%)	비타민 C	27.2mg(27%)
마그네슘	34mg(12%)		

출처: 식품의약품안전처

이'도 영양 성분이 비슷하다. 그래서 나는 항상 1인 가구에 가장 효율적인 채소로 열무와 얼갈이를 추천해왔다. 영양뿐만 아니라 가격도 매력적이기 때문이다.

루콜라는 작은 플라스틱 상자에 담긴 30g이 2천 원대다. 로메인이나 상추 같은 잎채소들도 300g에 2~3천 원이다. 그러나 열무는 1,500g 한 단에 2~3천 원이다. 같은 예산으로 최대 50배나 많은 대형 채소를 구할 수 있는 셈이다. 현대인들의 식단에 가장 부족하다는 식이섬유를 섭취하면서도 단일 채소로 미량영양소까지 고루 섭취할 수 있으니, 이보다 효율적인 채소가 또 있을까. 이쯤 되니 열무가 저평가 우량주가 아닐까 하는 생각이 들었다.

열무의 가능성 그리고 뜻밖의 발견

열무에 푹 빠진 것은 나뿐만이 아니다. 이태원에 있는 중동 레스토랑에 방문했을 때였다. 파키스탄 출신인 주인과 어색한 한국말과 영어를 섞어가며 후무스, 가지로 만든 딥소스인 바바가누쉬, 파슬리 샐러드와 팔라펠을 주문했다. 팔라펠은 병아리

  아삭한 초여름의 맛, 열무의 재발견

콩을 곱게 갈아 중동 향신료와 함께 동그랗게 빚어 튀긴 요리다. 내가 주문한 팔라펠은 채소와 함께 나왔는데, 연한 잎과 약간의 적양파가 곁들여져 있었다. 채소 위에는 '수맥'이라고 하는 붉은 중동 향신료가 뿌려져 있었다. 채소를 맛보니 마치 레몬을 뿌린 듯한 쨍한 신맛과 알싸한 맛, 뒤이어 상큼한 향이 맴돌았다. 나는 이 채소가 무엇인지 궁금해졌다. 중동의 낯선 채소일 것이라 짐작했지만 아무리 봐도 잎채소의 모양이 익숙했다. 향신료가 뿌려지지 않은 잎 한 조각을 조심스럽게 맛보았다. 익숙한 아삭함과 알싸함. 맙소사, 열무였다! 수맥의 강한 맛 때문에 생소한 다른 채소일 것이라 생각했던 것이다. 수맥이 뿌려진 열무는 마치 중동식으로 해석한 열무김치 같기도 했다. 입안이 개운해지고 계속 당기는 맛이 있어 기름에 튀겨진 팔라펠과 곁들이기 딱 좋았다.

열무는 한국에서 개량된 품종이기 때문에 한국에 정착한 중앙아시아인들에게는 분명 낯선 채소였을 것이다. 그러나 깻잎처럼 향이 너무 특이하지도 않고, 파슬리를 즐겨 먹는 이들에게 열무의 '풋내'는 귀여운 수준이었을 것이다. 실제로도 테이블 위에 놓인 중동 요리 중에서 열무가 가장 순한 성질이었다. 어쩌면 우리는 채소를 데치거나 익혀 먹는 방식에 익숙했기에 '풋내'를 당연히 제거할 요소로 여겨왔는지도 모르겠다. 중앙아시아인들이 열무에 양념을 더해 새로운 샐러드를 창조해낸 것처럼, 익숙함을 내려놓고 새로운 시선으로 바라보면 그 채소의 새로운 가능성이 떠오른다.

채소의 잠재력을 발견하기 위해 이따금 이방인의 시선으로 익숙한 채소를 바라보는 것도 중요하다는 사실을 깨달았다. 이렇게 열무의 새로운 가능성을 발견한 것처럼, 계속해서 익숙함에 가려진 채소들의 새로운 매력을 발견해가고 싶다.

내가 이토록 익숙한 채소들의 새로운 가능성을 탐구하는 또 다른 이유는 무엇보다 먹는 것에 진심이기 때문이다. 급격히 변화할 기후 환경 속에서도 맛있게 먹는 즐거움을 포기하고 싶지 않다. 기후 변화는 우리의 밥상을 바꿔놓을 것이므로 새로운 먹을거리나 요리법에 유연해질 필요가 있다.

그런 의미에서 열무는 앞으로가 더 기대되는 채소

아삭한 초여름의 맛, 열무의 재발견

다. 왜냐하면 열무는 기후 변화에도 살아남을 가능성이 높기 때문이다. 농촌진흥청에 따르면 2050년대가 되면 전국 대부분 지역에서 배추 재배가 어려워질 것으로 예측한다. 그러나 열무는 생육 기간이 최소 20일에서 60일로 짧은 편이라 병충해를 입어도 빠르게 대처할 수 있다. 시설재배 품종이라 사시사철 재배도 가능하다. 어쩌면 열무와 친해지는 것이 미래에도 맛있는 식사를 지속할 수 있는 가장 현명한 투자일지도 모른다.

한 그릇에 담긴 들깨의 일생, 깻잎 냉파스타

차가운 면 위에 수북이 올린 깻잎,
향긋한 들기름을 두르면 한 젓가락에
깻잎의 온 생애가 펼쳐진다.

깻잎 냉파스타

친구의 부모님은 서울에서 멀지 않은 곳에서 복숭아 농장을 운영하신다. 복숭아나무를 심고 남은 공간에는 작은 텃밭도 있어서 계절에 따라 농장 곳곳에 여러 가지 채소들도 자란다. 매해 여름이 되면 농장에서 자란 채소들을 풍성하게 보내주시는데, 나는 그 어떤 선물들보다도 이 채소 선물을 좋아한다. 직접 농장에 가서 작게나마 손을 보태드리는 일도 즐겁다. 항상 시장이나 마트에서 일부만 보던

 한 그릇에 담긴 들깨의 일생, 깻잎 냉파스타

채소들의 본모습을 면밀히 관찰할 수 있기 때문이
다. 보랏빛 꽃과 함께 매달려 있는 검은 광택을 가
진 가지, 엄두가 나지 않을 정도로 많이 열려 있는
고추들, 마트에서 파는 것과는 다르게 두툼하고 누
런 오이, 자른 단면에서 새빨간 핑크색 물이 묻어나
는 비트와 미라처럼 구멍 송송 뚫린 케일까지. 온갖
채소들의 살아 있는 모습들로 가득하다. 그중에서
도 내가 가장 좋아하는 것은 바로 '깻잎'이다. 향이
있는 모든 채소들 중에서도 나는 깻잎의 짙은 향을
맡을 때가 유독 설렌다.

농장에서 직접 마주한 들깨의 생애

농장에서만 입는 얇은 긴 옷으로 갈아입고 챙이
넓은 모자를 눌러쓴 뒤 밭으로 향한다. 깻잎을 수확
할 때 필요한 도구는 단출하다. 깻잎을 담을 박스와
가위. 이것뿐이다. 수확하는 일도 어렵지 않다. 그
저 가위로 줄기를 잘라주기만 하면 된다.

의외의 난관은 모기다. 깻잎 밭에 있는 모기들은
유독 지독해서 물리고 난 다음에는 도시의 모기보
다 몇 배나 간지럽다. 게다가 나는 걸어 다니는 인

간 모기약이나 다름없는데, 지인들과 함께 있으면 나만 모기에 물리고 다른 사람들은 안전하기 때문이다. 모기들이 얼마나 신나게 잔치를 벌일지 눈에 선하니 마음을 단단히 먹고 깻잎 밭으로 걸어 들어간다. 설렘과 두려움을 동시에 안고서는 깻잎을 수확하기 시작했다.

깻잎의 키가 어느새 나와 눈높이가 맞을 정도로 쑥쑥 자랐다. 나는 제일 먼저 눈이 닿은 깻잎을 한 손으로 잡고 반대쪽 손에 쥔 가위로 잎 가까이에 난 줄기를 잘라내며 수확을 시작한다. 눈앞에 보이는 숲처럼 거대한 깻잎들. 이 무성한 깻잎들은 따로 씨를 뿌린 것이 아니다. 몇 해 전 심었던 들깨 종자가 꽃을 피우고 씨앗을 떨어뜨리고는 다음 해에 제 힘으로 다시 싹을 틔워낸 결과물이다. 아마 밭을 갈아엎기 전까지 들깨의 생애는 이곳에서 몇 번이고 반복될 것이다.

들깨는 깻잎이라 부르는 식물의 본래 이름이기도 하고 동시에 종자를 부르는 명칭이기도 하다. 국밥집 식탁 위 작은 항아리에 들어 있는 바로 그 들깨가 맞다. 들깨의 생명력은 어찌나 강한지, 농장

   한 그릇에 담긴 들깨의 일생, 깻잎 냉파스타

곳곳으로 번져가더니 이제는 농막 근처까지 뒤덮을 모양이다.

차곡차곡 깻잎을 포개는 시간

깻잎을 수확하는 나만의 방법이 있다. 먼저 내가 먹고 싶은 크기의 잎을 잘라 차곡차곡 포개는 것이다. 쌈을 싸 먹기 좋은 손바닥만 한 크기의 잎들은 주로 줄기의 중간과 아랫부분에 있다. 그다음에는 깻잎 줄기의 맨 위, 끝부분에 나 있는 작은 순을 줄기째 함께 자른다. 이렇게 줄기를 잘라주면 깻잎은 더욱 풍성하게 자랄 수 있다.

이곳을 덮은 수많은 깻잎은 태양의 에너지를 포도당으로 바꿔서 영양소의 형태로 저장해두고 꽃을 피우고 씨앗을 맺을 때 사용한다. 그 잎의 일부는 종종 인간이 가져가 그 인간의 삶을 유지하는 에너지가 된다. 나도 그 깻잎을 노리는 인간 중 하나다. 깻잎에서 유용한 영양을 얻기도 하지만 무엇보다 맛의 즐거움을 누리는 편이다. 그러나 내 즐거움이 들깨의 삶에 해가 되지 않도록 여러 줄기에서 조금씩 절제해서 따야 한다는 사실을 잊지 않는다.

깻잎 꼭지를 '똑' '똑' 자르는 소리. 마치 세상에는 깻잎과 나만 존재하는 것 같다. 모자 옆으로 땀이 주룩 흐르더니 등줄기에서도 땀이 비 오듯 흐르기 시작한다. 마침내 들리는 '윙윙' 소리. 벌써 모기들이 몰려왔다. 내가 농장의 깻잎을 좋아하는 것처럼 모기도 이 농장에 가끔 나타나는 도시 인간의 피가 더 맛있을 거라고 본능적으로 알고 있는 것 같다. 서둘러 깻잎을 따고 이곳을 벗어나야만 한다. 서서 딸 수 있는 적당한 잎들을 재빠르게 딴 다음, 크기가 큰 깻잎을 따기 위해 무릎을 굽혀 앉는다.

앉아서 깻잎을 따던 중 수상한 낌새에 벌떡 일어난다. 일어나자마자 양옆으로 까만 모기떼가 악마의 연기처럼 흩어진다. 점점 모기가 감당할 수 없을 정도로 많아지는 것에 공포를 느끼며 서둘러 마무리하고 밭을 떠난다. 나중에 집에 와서 세어봤더니 모기에 물린 자국이 100개가 넘었다. 나는 깻잎을 받은 대가로 모기에게 내 피를 바친 셈이다. 대가치고는 나쁘지 않은 거래였지만 가려움만 없었으면 더 좋았을 것 같다.

  한 그릇에 담긴 들깨의 일생, 깻잎 냉파스타

한가득 실려 있는 여름 채소들과 차곡차곡 쌓인 깻잎들을 보며, 나는 집에 돌아가는 길에 깻잎으로 해 먹을 것들을 떠올리며 머리를 굴리기 시작한다. 제일 먼저 먹을 건 역시 깻잎쌈이다. 깻잎의 독특한 향을 느끼고 싶다면 깻잎은 생으로 먹어야만 한다. 향을 더 강하게 느끼고 싶다면 깻잎을 뒤집어서 쌈을 싼다. 깻잎의 향은 잎의 뒷면에 분포되어 있기 때문이다. 그다음 해 먹을 것은 '진짜 감자탕'이다. 깻잎 냉파스타는 매주 한 번씩은 해 먹을 것이고, 이번에는 수확한 양이 많아서 깻잎전도 해 먹을 수 있겠다. 남는 깻잎이 있으면 깻잎찜도 해 먹고, 볶아서 나물도 해 먹어야지! 깻잎으로 해 먹을 것들을 생각하다 보니 어느새 집에 도착했다.

시원하게 샤워를 하고 깻잎을 한 장 한 장 씻는다. 깻잎을 한 장씩 따고, 한 장씩 씻고, 먹기까지의 모든 과정을 떠올려보면 깻잎은 참 손이 많이 가는 채소다. 마트에 포장된 깻잎도 한 장 한 장씩 수확하는 과정을 거쳤을 것이다. 깻잎이 어떤 과정을 통해 내게 왔는지는 이주 인권 활동가인 우춘희 작가의 《깻잎 투쟁기》를 읽고 알게 되었다. 대부분의 밭 작물과 마찬가지로 깻잎 역시 기계화율이 낮고 노동집약도가 높으므로 일할 사람을 구하기가 어렵다. 깻잎은 사계절 내내 전국으로 공급되는 채소여서 1년 내내 일손 부족에 시달린다고 한다. 결국 부족한 자리는 외국인 노동자들의 손으로 대체된다. 난생처음 와보는 낯선 나라에서 한 번도 먹어본 적 없었던 깻잎을 한 장씩 따고 있는 얼굴 모르는 이들을 떠올려본다. 채소를 먹는 일 뒤에 숨겨진 또 다른 세계를 본 기분이었다. 그 후로 나는 시장에서 커다란 봉지 가득 꾹꾹 눌러 담긴 깻잎이 천 원에 판매되는 것을 마냥 기뻐할 수만은 없게 되었다.

깻잎의 손질을 마치고 냄비에 물을 담는다. 숭덩 썬 감자, 어슷하게 썬 대파, 느타리버섯을 넣은 뒤 된장, 고추장을 물에 풀고서는 불을 켜서 끓이기 시작한다. 깻잎과 부추는 적당한 길이로 썰어둔다. 냄비 속 물이 보글보글 끓기 시작하며 채소들도 익어간다. 감자를 젓가락으로 찔러본다. 젓가락이 푹 들어가는 걸 보니 드디어 깻잎을 넣을 차례다. 깻잎을 한 주먹 가득 쥐어 넣은 뒤 부추를 넣는다. 익은 깻

 한 그릇에 담긴 들깨의 일생, 깻잎 냉파스타

잎 냄새가 순식간에 집안을 가득 메운다. 익숙한 냄새. 바로 '감자탕'이다! 여기에 들깨를 빻아 넣고 왠지 아쉬운 마음에 깻잎 한 주먹 더 쥐어 손으로 뜯어 넣는다. 깻잎은 모자란 것보다 넘치는 편이 낫다. 접시에 덜어 한 술 떠서 먹으니 감탄이 나온다. 감자의 전분으로 걸쭉해진 국물 속에 촘촘하게 담긴 깻잎의 맛과 향 그리고 된장의 구수하고 깊은 감칠맛까지. 고단했던 깻잎 수확의 순간들과 모기들에게 내준 100번의 헌납도 전혀 아깝지 않다.

여름마다 해 먹는 요리, 깻잎 냉파스타

나는 깻잎이 좋다. 깻잎을 즐겨 먹을 수 있는 나라에 태어나서 기쁘다. 깻잎을 즐겨 먹는 나라는 전 세계에서 한국이 유일한 데에 일종의 자부심도 가지고 있다. 중국과 일본, 인도의 일부 지역에서도 깻잎을 먹지만, 요리법이 제한되어 있고, 한국처럼 전국 단위로 사계절 내내 수요가 있지는 않다.

깻잎의 생산량 역시 전 세계 최대 수준을 자랑한다. 2025년 중앙일보의 기사에 따르면, 깻잎 주산지로 유명한 금산은 최근에도 연간 생산량이 9천

톤을 웃돈다고 한다. 한편 우리나라 국민 1인당 깻잎 소비량은 2015년 기준으로 연간 1.49kg이라고 하니, 한 사람이 대략 200장 안팎으로 섭취하는 셈이다. 게다가 깻잎을 아예 먹지 않는 사람들도 있다는 점을 고려해보면 실제로 깻잎을 즐겨 먹는 사람들의 연간 소비량은 그보다 많을 것이다.

깻잎의 어떤 점이 한국인들을 그렇게 매료시킨 것일까? 감자탕 속에 깻잎만 계속 건져 먹으며 줄어드는 것이 아쉽다고 느끼는 순간, 나도 이미 그 무리에 속해 있다는 것을 깨닫는다.

뭉근히 익은 깻잎을 건져 먹다가 문득 새로운 생각이 떠올랐다. 깻잎의 매력적인 향을 다른 양념 없이, 오롯이 깻잎 그 자체로만 즐길 방법은 없을까? 깻잎의 순수한 본질, '깻잎의 이데아'를 맛볼 수 있는 그런 요리 말이다. 고민 끝에 탄생한 것이 바로 '깻잎 냉파스타'다. 깻잎부터 들깻가루, 들깨를 짜내어 얻은 들기름까지 들깨의 생애를 오롯이 한 그릇에 담은 요리다.

깻잎 냉파스타의 가장 좋은 점은 만드는 방법이 간단하다는 것이다. 파스타 면은 제품에 안내

   한 그릇에 담긴 들깨의 일생, 깻잎 냉파스타

된 시간보다 조금 더 익혀서 찬물에 살짝 헹궈 뜨거운 김을 가시게 한다. 들기름 1큰술, 간장 1큰술, 매실청 1큰술, 식초 0.5큰술, 들깻가루 1큰술을 섞어 드레싱을 만든다. 만약 매실청이 없다면 설탕을 0.5큰술 넣고 식초의 양을 살짝 늘리면 된다. 면에 드레싱을 버무려 냉장고에 3분 정도 넣어두면 면에 간이 배고 차가워지면서 전체적으로 맛을 돋운다. 그동안 깻잎을 썰어주는데, 깻잎을 바짝 돌돌 말아준 다음 칼로 얇게 썬다. 깻잎이 너무 두꺼우면 강하고 아린 맛이 느껴지기 때문에 최대한 얇게 써는 것이 중요하다. 제대로 썰고 싶다면 칼도 갈아두는 게 좋다. 잘 드는 칼일수록 깻잎의 향이 더 잘 살아나기 때문이다. 늘 느끼는 것이지만 요리는 작은 디테일의 차이가 결과물의 큰 차이를 만든다.

썰어둔 깻잎은 뭉치는 부분 없이 흐트러지게 한다. 그리고 냉장고에 있는 파스타 면을 꺼내 접시에 담고 한쪽에 깻잎을 담는다. 여기에 꼭 올려야 하는 토핑은 바로 양파장아찌. 양파장아찌가 없다면 다른 장아찌도 좋고 묵은지를 씻어서 곁들여도 좋다. 그마저도 없다면 단무지나 오이, 얇게 썬 양파, 구운 버섯도 잘 어울린다.

파스타를 먹을 때는 면과 깻잎을 적절히 섞어서 함께 먹는다. 입안 가득 깻잎이 살아온 생애가 우주처럼 펼쳐진다. 들깨라는 존재의 모든 것을 최대치로 느끼는 경험이다. 나는 늘 모든 채소에 깻잎 냉파스타 같은 요리를 만들어주고 싶다. 채소의 매력을 온전히 경험할 수 있는 그런 요리 말이다.

느슨한 연결 고리, 깻잎 사랑단

'깻잎 냉파스타' 레시피는 2022년 트위터에 올린 이후로 4만 번 넘게 리트윗되었고, 매해 여름이 가까워지면 어김없이 리트윗되기 시작한다.

나는 깻잎 냉파스타 글에 인용된 이야기들을 보는 것을 좋아한다. 집 앞에 야생처럼 자라난 깻잎을 따서 바로 만들어 먹었다는 이야기, 나보다 엄마가 더 좋아한다는 이야기, 텃밭 일을 하다가 어르신들과 함께 새참으로 만들어 먹었다는 이야기, 하루 한 끼는 깻잎 냉파스타를 먹는다는 이야기, 요리에 자신감이 없었지만 손쉽게 따라 할 수 있고 맛있어서 기쁘다는 이야기, 도시락으로 먹기 위해 깻잎 냉파

 한 그릇에 담긴 들깨의 일생, 깻잎 냉파스타

스타 밀키트를 직접 만든 사진까지. 깻잎 냉파스타가 주는 행복한 이야기들로 가득하다.

그 중심에는 '깻잎 사랑단'이 있다. 누군가 붙여준 말인데, '깻잎 사랑단'이라는 말이 참 귀여워서 마음에 들었다. 깻잎은 서로 모르는 우리의 세계를 연결해준다. 깻잎을 심은 사람, 한 장 한 장 수확하는 외국인 노동자, 깻잎을 진열하고 판매하는 사람들, 깻잎을 씻고 요리하는 사람들, 혼자서 또는 함께 깻잎 냉파스타를 해 먹는 사람들, 지금 깻잎을 먹고 있는 나까지. 우리는 본 적도 없고 지나친 적도 마주칠 일도 없겠지만 이 순간만큼은 왠지 깻잎으로 느슨하게 연결되어 있다는 느낌이 들었다.

깻잎에 대한 자부심이 생긴 또 한 가지의 이유는

깻잎 100g의 주요 영양 성분(하루 권장 섭취량 대비 %)			
단백질	4.5g(9%)	비타민 A	630㎍(97%)
식이섬유	5.7g(29%)	비타민 K	787㎍(1210%)
칼슘	296mg(42%)	엽산	150㎍(38%)
철	1.9mg(14%)	비타민 C	2.7mg(3%)
마그네슘	151mg(54%)		

출처: 식품의약품안전처

바로 들깨에 들어 있는 오메가3다. 오메가3는 항염증, 항산화 효과를 가지고 있는데 보통 등 푸른 생선에 많이 있다고 알려져 있지만, 들기름에도 알파리놀렌산(ALA)이라는 오메가3가 다량 함유되어 있다. 고등어 한 토막(200g)으로 섭취하는 오메가3와 들기름 한 스푼(10g)으로 섭취하는 오메가3의 양이 비슷하다. 고등어 같은 등 푸른 생선과 들기름에는 모두 오메가3가 들어 있지만, 함유된 오메가3의 종류는 다르다. 들기름의 오메가3는 알파리놀렌산 중심이라 체내 전환율이 낮지만, 심혈관 건강과 항염 작용, 인지 기능 유지에 보조적인 역할을 한다. 내가 찾은 데이터들에 의하면 들기름의 오메가3 함량은 식물성 기름 중 최고 수준이었다.

이런 위대한 채소를 우리만 먹고 있다니, 깻잎 사랑단이 되지 않을 수 없는 일이다. 나는 깻잎이 단순한 쌈 채소를 넘어, 그 자체로 훌륭한 요리의 주재료이자 한국을 대표하는 허브가 되길 바란다. 더 많은 이들이 깻잎의 매력을 알아보고 '깻잎 사랑단'이 되어 이 세계관을 함께 넓혀갔으면 좋겠다.

  한 그릇에 담긴 들깨의 일생, 깻잎 냉파스타

평범한 무 속에 숨겨진 비범한 맛

무 우 동

겨울은 '버티기'라는 단어가 어울리는 계절이다. 여름내 생기를 뽐내던 알록달록한 채소들이 자취를 감추고, 땅속에서 묵묵히 힘을 비축하는 단단한 뿌리채소들의 시간이 온다. 다음 계절을 위해 혹독한 겨울을 채비하듯, 나 또한 그런 시기를 보내고 있었다. 회사를 그만둔 지 2년째, 이제는 무언가 본격적으로 시작해야 할 시간이지만 모든 것이 제자리였다. 매주 블로그에 레시피와 일주일 식단 기록을 올리는 것 외에 그 어떤 일도 가닥이 잡히지 않고 있었다. 출간이 될지 안 될지 모르는 원고 앞에서 매일 나의 바닥을 확인해야 했고, 브랜드는 어디서부터 시작해야 할지 모르는 막막함에 마음이 힘든 시기를 지나고 있었다. 혹독한 겨울바람으로 집안 공기까지 얼어붙고 차가운 바닥의 냉기에 나도 모르게 움츠러들었다.

때마침 친구에게 전화가 걸려 왔다. 초가을에 뿌렸던 무 씨앗이 아주 잘 자라고 있다는 반가운 소식이었다. 아침에는 서리가 내려서 날씨가 더 추워지기 전에 곧 수확해야 할 것 같다는 말까지 들으니 가라앉은 마음이 둥둥 떠오르기 시작한다.

추위도 태평하게 버티는 굳센 무

농장에 가는 일은 늘 즐겁다. 몸을 고단하게 움직이다 보면 머릿속을 사로잡았던 잡념들도 사라지고, 그 자리에는 온갖 살아 있는 생명들로 채워진다. 소나무 위에서 알을 품는 산비둘기, 복숭아를 통째로 먹어 치우는 사슴풍뎅이, 마주칠 때마다 소스라치게 놀라게 되는 뱀 그리고 배춧잎 위의 귀여

 평범한 무 속에 숨겨진 비범한 맛

운 작은 청개구리까지. 10년 넘게 농약과 제초제를 쓰지 않아 생명으로 가득한 농장 사이를 이리저리 다니다 보면, 왠지 나라는 존재도 '살아 있음'이라는 에너지로 채워지는 기분이다.

다음 날 농장에 도착했다. 복숭아 잎으로 가득했던 풍경은 온데간데없고 어느새 낙엽이 흙 위를 포근하게 덮었다. 훤히 드러난 복숭아나무의 수형이 한눈에 보인다.

겨울이 좋은 이유 중 하나는 바로 나뭇잎으로 가려져 있던 나무의 본모습을 제대로 감상할 수 있다는 점이다. 농장에서 유일하게 초록빛을 내뿜는 것은 농장의 언덕 아래에 얼굴을 내민 무와 배추밭뿐. 어찌나 잎이 두껍고 색이 선명한지 멀리서도 단번에 알아볼 수 있다. 배추는 서리가 내리면 냉해를 입을 수 있어 수확 시기를 잘 살펴야 하지만, 무는 좀 더 오래 버틸 수 있다. 무의 뿌리는 영하 2도까지 버티기도 한다. 무는 어떻게 이 추위를 태평하게 버티고 있는 것일까? 흙 속은 좀 더 따뜻한 걸까? 흙에 툭툭 박힌 두툼해진 무를 가만히 바라보니, 나도 무처럼 굳센 사람이었으면 얼마나 좋았을까 하는 생각이 든다.

까슬까슬한 무의 잎과 줄기 밑에 흙 밖으로 얼굴을 빼꼼 내민 연둣빛 무가 보인다. 무청과 무가 연결된 부분을 손으로 움켜쥐고 앞뒤로 두어 번 흔든 뒤, 위로 힘껏 뽑아 올리면 무가 '쑤욱' 하고 올라온다. 무 윗부분에 드러나 있던 연둣빛은 짧게 사라지고 몸통은 첫눈처럼 새하얗다. 아래로 갈수록 급격히 좁아지는 날렵한 곡선. 거친 표면 위로는 실 같은 잔뿌리가 땅의 기운을 내뿜듯 돋아 있다.

무를 뽑고 보니 잎에서부터 뿌리까지 한눈에 들어온다. 생각해보면 무는 잎과 줄기, 뿌리까지 통째로 인식하고 있는 몇 안 되는 채소다. 당근은 잎을 보기 어렵고, 가지나 토마토는 열매만 식탁에 오른다. 상추나 깻잎은 잎이고, 연근이나 우엉은 뿌리다. 우리가 이름을 부르고 떠올리는 채소의 모습은 사실 그 채소라는 식물의 일부이다. 그러나 무는 다르다. 잎은 시래기가 되고 뿌리는 친숙한 요리에 중요한 재료가 되어준다. 그야말로 자신의 모든 것을 아낌없이 내어주는 셈이다.

  평범한 무 속에 숨겨진 비범한 맛

어느새 무와 배추로 손수레가 가득 채워졌다. 친구는 수레를 끌고 나는 뒤에서 밀며 언덕을 오른다. 아래로는 울퉁불퉁한 바닥을 따라 무와 배추가 튕겨 오르고 위로는 복숭아 잔가지들을 피해 고개를 숙이며 수레를 이리저리 옮겨본다. 복숭아 가지가 두꺼운 외투를 긁고 튕기며 마치 악기를 연주하는 듯한 둔탁한 소리를 낸다. 우리들의 어색한 몸동작에 웃음이 터져 나온다.

농막에 도착해서 무를 내려놓는다. 친구네 아버지가 겨울 무는 인삼보다 좋다며, 방금 씻어 잘라 낸 무 한 조각을 건네신다. 갓과의 채소에서 느껴지는 알싸한 겨자 향. 한입 베어 무니 매운맛에 뒤이어 무의 달콤한 맛과 수분이 번갈아 가며 마구 터져 나온다. 고려시대 채소 덕후인 이규보가 어째서 "서리 맞은 무를 베어 먹으면 배의 맛이 난다"라고 했는지 그 한입이면 바로 수긍이 간다. 한겨울에 살아 있는 채소를 생으로 먹으니 가라앉았던 마음이 한결 가벼워졌다.

무의 알싸한 향과 달콤한 자극에 갑자기 배가 고

파진다. 마침 친구네 엄마가 준비해주신 무밥 냄새가 솔솔 풍겨온다. 밭에서 수확한 무를 채 썰어서 햅쌀과 함께 밥을 지은 것이다. 김이 모락모락 나는 밥솥 속 윤기 도는 밥알들 사이로 뭉근하게 익은 무 조각을 주걱으로 조심스레 섞었다. 밥을 뜨다 보니 바닥에 눌어붙은 누룽지까지 눈에 들어온다.

오늘은 몸을 움직이는 일을 했으니까 죄책감 없이 밥공기 가득 밥을 담아본다. 쿰쿰한 냄새 가득 풍기는 청국장도 듬뿍 떠서 국그릇에 담았다. 삭힌 고추를 잘게 다져 넣고 만든 간장 양념장을 반 스푼 떠서 밥에 넣고 들기름 쓱쓱 비벼 한입 가득 떠먹는다. 고소하게 퍼지는 들기름 향과 부드러운 무의 질감. 씹을수록 단맛이 퍼진다. 아, 이런 무밥이라면 아무리 혹독한 겨울이라도 두렵지 않다. 청국장 속 부드러운 콩까지 푹푹 떠먹으며 방금 수확한 배추를 '아그작' 베어 무니, 잠자고 있던 겨울 채소의 감각들이 깨어나기 시작한다.

두둑하게 배를 채우고는 서둘러 움직이기 시작한다. 겨울이라 해가 빨리 떨어질 것이기 때문이다. 무청을 잘라낸 다음 참나무 밑에 걸어놓는다. 지난

   평범한 무 속에 숨겨진 비범한 맛

달에 수확했던 고구마밭을 지나 은행나무로 걸어
간다. 떨어진 은행을 주워 통에 담는다. 옆에 자유
분방하게 땅에 박혀 있는 돼지감자도 캐갈지 고민
하다가, 날이 춥고 해가 떨어져서 서둘러 돌아갈 채
비를 한다. 돼지감자를 얇게 채 썰어서 구워 먹으면
정말 맛있는데, 아쉽다. 다음을 기약하며 오늘 수확
한 무와 배추를 큰 가방 두 개에 나눠 담는다.

차 뒷좌석에 앉아 빨갛게 넘어가는 해를 보며 집
으로 돌아간다. 트렁크 가득 담긴 무와 배추를 보면
서 무로 해 먹을 것들을 떠올려 보니 일주일, 아니
한 달도 모자란다. 뚝배기에 무밥도 해 먹고, 살짝
그을려서 무조림도 해놓고, 들기름 살짝 둘러 무만
푹 넣고 끓인 뭇국도 해 먹어야지. 무가 질릴 때쯤
매콤한 무 파스타도 하고 무를 갈아서 수프도 끓여
먹을 생각하니 썰렁할 것만 같았던 겨울이 제법 기
대된다. 먹고 싶은 것들이 구체적으로 쌓여 있는 것
만큼 신나는 일이 또 있을까.

아삭아삭한 식감 사이로 스며드는 단맛

창틈으로 스며든 차가운 아침 햇살에 눈이 떠졌

다. 온몸이 쑤시는 걸 보니 어제의 노동이 헛되지 않았나 보다. 몽둥이로 맞은 것처럼 몸은 무겁지만, 마음만은 상쾌하다. 역시 머리가 무거워졌을 땐 몸을 움직이는 노동이 제일이다. 몸이 고단해도 머뭇거릴 시간이 없다. 거실을 차지한 배추와 무를 정리해야 하기 때문이다.

요리로 해 먹을 배추 두 개와 무 세 개를 빼놓고 나머지는 모두 김장행이다. 하루 종일 무와 배추를 씻고 절여 김치를 담글 계획이다. 나머지는 어딘가 보관해야 하는데 1인 가구의 냉장고에 그게 다 들어갈 리가 없다. 종이행주로 한 겹씩 싸서 비닐에 담고, 다시 타포린 백에 넣어 창문 밖 베란다에 둔다. 베란다에는 화분을 둘 수 있는 작은 공간이 있는데, 겨울철이 되면 또 하나의 냉장고나 다름없는 셈이다. 무나 배추도 놓고 귤도 넣어둔다.

내가 무를 창밖에 두고 겨우내 꺼내먹는 것처럼, 역사 속에서도 오랫동안 무는 저장 채소로 사랑받아 왔다. 삼국시대에서부터 무를 소금에 절여 채소가 부족한 겨울 동안 먹었다는 기록이 있다. 정혜경 교수의 《채소의 인문학》에 따르면 무를 절인 것이

 평범한 무 속에 숨겨진 비범한 맛

바로 김치의 원형이라고 한다. 임진왜란 전까지만 해도 빨간 고춧가루가 대중적이지 않았기 때문에, 무를 절인 장아찌나 발효시킨 나박김치가 더 흔한 형태였다. 배추뿐만 아니라 무를 발효시켰을 때도 유산균(젖산균)이 발생하는데, 한 연구 결과에서는 잘 익은 동치미 한 접시로 약 8천만 마리의 유산균을 섭취할 수 있다고 한다. 이 젖산균은 위산과 담즙을 견디어 장까지 살아남아 장내 미생물에도 영향을 미친다고 한다.

남은 무로는 동치미도 꼭 담가야지. 시원한 무김치를 떠올리니 무생채가 떠올랐다. 생채는 김치와 다르게 만들어서 바로 먹을 수 있는데 김치의 시원함까지 느낄 수 있어서 좋아하는 무 요리다.

설레는 마음으로 무 하나를 집어 오늘의 만찬을 준비해본다. 먼저 무를 채칼로 썬다. 무생채에서 가장 중요한 것은 너무 얇지도, 너무 두껍지도 않은 무의 두께다. 그리고 소금에 절일 것. 그래야 간이 고루 배고 하루 두고 먹어도 수분이 많이 빠져나오지 않아 맛이 그대로 유지된다.

채 썬 무에 천일염 0.5큰술을 두르고 손을 깨끗

이 씻은 뒤 살살 버무려준다. 손의 온기에 투박한 천일염이 녹고 무 표면이 살짝 긁히면서 간이 잘 밴다. 무에서 빠져나온 수분은 살짝 따라내고 가볍게 소금과 물기를 털어낸 다음 양념을 한다. 무 한 토막(300g) 기준으로 고춧가루 1.5큰술, 국간장 1큰술, 다진 마늘 0.5큰술, 식초 0.5큰술, 설탕 0.5큰술을 넣고 버무린다. 마지막으로 통깨를 솔솔 뿌려주면 완성. 따끈한 밥에 무생채 듬뿍 넣고 참기름 둘러 쓱쓱 비벼 먹는다. 아삭아삭 무의 식감 사이로 무의 단맛과 매콤새콤한 맛이 동시에 느껴지면서 없던 힘이 솟아나는 기분이다. 평범해 보이는 무에서 이런 힘은 어디에서 오는 것일까?

무 우동, 오래 끓일수록 깊은 맛

이 평범한 무의 숨겨진 비범한 힘을 꿰뚫어본 이가 있었다. 바로 제갈공명이다. 중국에서는 제갈공명이 무(순무)를 퍼뜨렸다 하여 '제갈채'라고 불렀다는 기록도 전해진다. 그는 전쟁에 나갈 때 항상 무의 씨앗을 챙겨서 전장 근처에 무를 재배해 병사들을 먹였다. 무는 3개월이면 수확해서 먹을 수 있고,

 평범한 무 속에 숨겨진 비범한 맛

추운 지역에서도 잘 자라니까 어디를 가나 요긴한 식량이 되어주었을 것이다. 게다가 무는 식이섬유와 비타민 C를 섭취할 수 있을 뿐만 아니라 '디아스타아제'라는 효소가 있어서 천연 소화제의 역할도 한다. 먹을 것이 충분하지 않은 전쟁터, 특히 겨울에 무는 단순히 식량 이상의 것이었을 것이다. 추운 날 푹 끓인 뭇국은 또 어떤가. 입속에서 사르르 녹는 무와 뜨끈하고 깊은 국물을 떠먹으면 두려움도 모조리 사라질 것이다.

뭇국을 생각하니 이번엔 무 우동이 먹고 싶어진다. 오늘 저녁은 고민할 필요도 없이 '무 우동'이다.

'무 우동'은 오뎅탕 속의 무를 그리워하며 만들어본 요리다. 오뎅탕의 하이라이트는 바로 '무'가 아닐까. 단단한 모습은 온데간데없고 작은 조각들로 성글게 엮인 불투명한 조직들. 무는 3cm로 두툼하게 썰어 네 등분으로 자른다. 무가 크고 두꺼울수록 끓이는 데 시간이 오래 걸리지만 그래야 국물이 제대로 우러난다. 말린 다시마와 표고버섯을 우려둔 물을 냄비에 건더기까지 넣고 무, 대파도 썰어 중불로 푹 끓인다. 국물에 간장 1.5큰술, 설탕 0.5큰술을 넣고 다시 한번 푹 끓인다. 오래 끓일수록 깊은 맛이 나기 때문에 잠시 소파에 앉아 무 우동이 맛있어지기를 기다린다. 보글보글 끓는 냄비와 익어가는 무의 향기에 어느새 집안에 온기가 가득하다. 어쩐지 무는 단단했던 마음들을 감싸주는 매력이 있다. 어쩌면 이런 위안을 주기 위해 겨울을 단단히 버티고 있는지도 모르겠다.

매섭게 몰아치는 겨울바람을 막고 선 창문 아래로 무에서 풍겨오는 따스한 공기가 맞닿아 어느새 창문에 김이 서린다. 노곤해져서 나도 모르게 깜빡 잠이 들 뻔했다. 서둘러 냄비 속 무를 확인해본다. 젓가락으로 누르니 푹 들어가는 걸 넘어 바스러진다. 대파도 송송 썰어 넣어 한소끔 끓인다. 그동안 유부를 꺼내 전기포트로 끓인 물을 붓고 헹궈 물기를 꽉 짜낸 뒤 우동면을 살짝 데쳐서 준비한다.

이제 드디어 먹어볼 시간이다. 둥근 그릇에 우동면을 담는다. 푹 익은 무와 우동 국물을 끼얹고, 모락모락 피어오르는 연기 위로 얇게 썬 파, 유부, 채 썬 다시마, 표고버섯을 담는다. 평소보다 나를 조금 더 대접해주고 싶을 때는 담음새에 정성을 들이는

　　　　평범한 무 속에 숨겨진 비범한 맛

편이다.

춥고 긴 밤을 달래는 따끈한 한 조각

저녁을 만들다 보니 어느새 창밖이 어둑해졌다. 이제 밤이 더 길어지는 날에 익숙해질 필요가 있다. 하얀 도자기 숟가락으로 우동 국물을 한입 떠서 먹는다. 무의 향이 짙게 밴 국물에 간장의 감칠맛까지, 생으로 먹을 때와는 또 다른 무의 진한 맛들로 가득하다. 푹 익은 무 한 조각을 베어 무니, 촉촉한 무 섬유질 사이사이에 무즙과 국물이 배어 있다.

방어할 겨를 없이 아스러지는 무처럼, 엄격한 내 안의 누군가도 살포시 누그러진다. 지금 당장 대단한 성과를 내지 못한다고 해도 괜찮다. 이렇게 계절의 채소로 오늘 하루의 에너지를 충실하게 채울 수 있다면, 그걸로도 충분하다.

마음 깊은 곳에서 뭉근하게 피어오르는 온기에 한결 따뜻해진다. 나는 이렇게 땅속에서 묵묵히 자라난 무에 기대어 혹독한 겨울과 나의 밑바닥을 담담히 지나갈 수 있었다.

아인슈페너보다 부드러운
백태콩 크림 콩물

우아하고 오롯한 콩의 맛.
푹푹 떠먹어도, 매끼 밥상에 곁들여도 좋은
든든한 단백질 반찬.

대두 곤약 조림

자려고 침대에 누웠다가 아! 맞다 하며 일어났다. 오늘 할 일 중 하나를 깜빡했기 때문이다. 귀찮다는 마음이 들기도 전에 몸을 벌떡 일으켜 부엌으로 향한다. 부엌 한편에 모여 있는 여러 가지 잡곡 통. 그중에 콩이 담긴 통을 들어 넓적한 그릇에 쏟는다. 스테인리스 그릇에 콩이 우수수 쏟아지며 날카로운 금속성 소리를 낸다. 수도꼭지를 열어서 세차게 흐르는 차가운 물줄기를 따라 콩들이 위아래로

둥글게 움직이다가, 이내 물속에서 잠잠해진다. 노란빛이 도는 이 동글동글한 모양의 콩들은 백태콩이다.

침대로 돌아가 뒤척이다 천천히 잠에 들 때쯤, 콩들은 비로소 깨어나기 시작한다. 마른 콩은 '과연 먹을 수 있는 게 맞나?'라는 생각이 들 정도로 딱딱하고 완벽하게 생명이 멈춘 듯이 단단히 굳어 있다. 그러나 껍질 사이로 물이 스며들기 시작하면 달라진다. 단단한 콩 속에 숨겨져 있던 생명들이 꿈틀대며 어느새 콩 껍질이 '톡' 하고 터지는 소리가 난다. 마치 겉옷을 뜯고 변신하는 헐크처럼 콩들도 몸집을 키운다. 콩 껍질이 터지는 소리는 언제 들어도 귀엽고 마음이 편안해진다. 콩이 '톡' '톡' 터지는 소리를 배경음악 삼아 어느새 스르르 잠에 들었다.

머뭇거림 없이 나아가는 콩의 생애

처음 백태콩을 알게 된 것은 두부를 직접 만들어 먹기로 결심했을 때였다. 채식 초기에는 거의 매 끼니 두부를 먹었다. 그러나 플라스틱 용기가 쌓이는 것도 마음에 걸렸고, 두부 제조 과정에서 생기는 비지가 사실상 식품 폐기물이라는 사실을 알고 나니 마음 편히 두부를 먹기 어려워졌다. 그래서 직접 두부를 만들어 먹게 되었다.

두부 만들기는 역시 쉽지 않았다. 콩의 이름부터 대두, 백태콩, 메주콩 등 여러 가지가 있어서 헷갈리는 데다가 만드는 법도 사람마다 제각각이라 혼란스러웠다. 두부를 만드는 일은 단지 요리가 아니라 구전으로만 이어져 온 비밀스러운 기술 같았다. 돌이켜 보면 그때까지 내게 익숙했던 콩은 렌틸콩이나 병아리콩 같은 수입 콩이 전부였다. 할머니가 챙겨주시던 서리태나 완두콩, 동부콩도 밥에 넣어 먹는 게 전부였으니, '백태콩'으로 무언가를 만든다는 발상 자체가 낯설 수밖에 없었다.

아침에 일어나서 밤사이에 화려한 변신을 마친 콩들을 바라본다. 몸집이 세 배는 불어나 통통해졌다. 콩은 10시간에서 12시간 정도 물에 충분히 불려야 한다. 왜냐하면 콩에는 소화를 방해하는 물질인 피틴산이나 트립신 억제제와 같은 물질이 있기 때문이다.

사실 콩은 중요한 임무를 맡은 종자다. 그러므로

  아인슈페너보다 부드러운 백태콩 크림 콩물

동물이나 곤충이 먹었을 때 소화가 되지 않도록 소화 흡수를 방해해 그대로 배출되게 한다. 일종의 콩이 가진 화학무기인 셈이다. 그렇다고 크게 걱정할 필요는 없다. 물에 담가두거나 끓는 물에 삶으면 대부분 사라지기 때문이다. 무엇보다도 이 작은 콩 한 알 속에서 자신을 지킬 치밀한 계획이 이뤄진다는 사실이 신기할 뿐이다.

작은 콩 한 알 속에는 비밀스러운 지하창고처럼 많은 것들이 숨겨져 있다. 공격받았을 때 사용할 화학물질뿐만 아니라 뿌리와 잎을 틔울 수 있는 최초의 양분들, 뿌리를 내려서 무엇을 해야 할지 명확한 임무, 윗세대의 생존 전략이 담긴 DNA 기록까지. 이 모든 것이 차곡차곡 담겨 있다.

콩은 자신이 무얼 해야 할지 알고 있다. 나는 여전히 무엇을 해야 할지 모르는 상태로 헤매고 있었고, 그래서인지 제 할 일을 뚜렷이 알고 머뭇거림 없이 나아가는 콩의 삶이 부러워졌다. 나에게는 없고 콩에게는 있는 그 단단한 '확신'이 부러웠다.

밤 동안 불렸던 물은 비워내고, 새로운 물을 받아 여러 번 콩을 헹군다. 마른 껍질 주름 사이에 혹시라도 남아 있을 먼지나 이물질을 씻어내기 위해서다. 여러 번 씻다 보면 콩에서 거품이 생기는데, 이것은 콩에 들어 있는 사포닌을 포함한 여러 성분 때문이다. 특히 콩을 삶을 때 거품이 다량 방출되기 때문에 깊은 냄비를 사용해야만 끓어 넘치는 일을 막을 수 있다. 허리를 숙여 싱크대 아래에서 평소에 잘 꺼내지 않던 큰 냄비를 꺼내 불린 콩들을 담는다. 물을 세 배 정도로 넉넉히 담아 중불로 5분 정도 끓이면 가라앉았던 콩들이 물 위로 떠오르며 춤을 추기 시작한다. 춤추는 콩 한 알을 집어 입에 넣고 씹어본다. '톡' 하고 터지며 부드러운 콩맛이 느껴진다. 잘 익었다.

콩이 선사하는 든든한 포만감

나는 아직도 콩을 처음 삶아 먹었던 그 순간을 잊을 수가 없다. 최초의 인류가 익힌 콩을 먹었을 때도 이런 기분이었을까? 단단하면서도 부드러운 식감, 독특한 콩 향 뒤로 풍기는 고소한 향기, 처음 씹었을 때 입속에 퍼지는 고소함, 씹을수록 진하게 퍼지는 부드러운 단맛. 백태콩에는 병아리콩이나

 아인슈페너보다 부드러운 백태콩 크림 콩물

렌틸콩과는 다른 묵직함이 있었다. 콩을 생으로 먹던 선조들은 배탈이 나서 곤욕을 치렀을 것이다(그러나 콩은 자신의 임무를 달성한 셈이다). 그 탓에 콩은 독초로 취급받곤 했지만, 오랜 시간 끝에 인류는 콩을 끓여 먹으면 안전하다는 지혜를 터득했다. 한국콩박물관건립추진위원회의 《콩 스토리텔링》에 따르면, 인류는 6천 년 전 콩을 끓여 먹기 시작하면서 본격적으로 콩을 재배하였고 발효라는 위대한 조리법까지 발견해냈다고 한다. 아마 콩을 처음 끓여 먹어본 사람도 나처럼 눈이 휘둥그레졌겠지? 맛뿐만 아니라 먹고 난 뒤에도 길게 이어지는 포만감과 영양은 생존에도 큰 영향을 미쳤을 것이다.

　콩을 먹은 후 유독 든든하게 느껴지는 이유는 영양이 풍부하기 때문이다. 백태콩은 병아리콩보다 단백질, 칼슘, 필수 아미노산이 2배나 많다. 게다가 복합 탄수화물, 불포화지방산, 식이섬유, 미네랄과 비타민, 항산화 성분도 들어 있어 영양 면에서도 훌륭하다. 필수 아미노산은 혀에서 맛으로 느낄 수 있는 수용체가 극소수이기 때문에, 오히려 위장에서 소화될 때 훨씬 더 섬세하게 아미노산을 감지한다

삶은 대두 100g의 주요 영양 성분(하루 권장 섭취량 대비 %)			
단백질	17.8g(36%)	비타민 E	1.63mg(14.82%)
식이섬유	10.2g(51%)	비타민 K	15μg(24%)
칼슘	127mg(18%)	엽산	31μg(8%)
철	2.3mg(16%)	비타민 C	1mg(1%)
마그네슘	109mg(39%)		

출처: 식품의약품안전처

고 한다. 분해하는 과정에서 먹은 것들의 질감과 영양 요소들을 더욱 예민하게 느낀다. 콩을 먹고 난 뒤에도 속이 편안하고 기분이 좋은 이유는 위장에도 좋은 것을 먹었기 때문이지 않을까.

잘 익은 콩을 확인하고서는 불을 끈다. 삶은 백태콩을 숟가락으로 네 스푼 듬뿍 떠서 체에 밭쳐 식혀둔다. 나머지 콩들은 밀폐용기에 콩 삶은 물과 함께 담아서 냉장고에 넣어두었다. 이렇게 콩을 삶아서 냉장고에 넣어두면 일주일이 든든하다. 볶음 요리에 넣기도 하고, 감자샐러드를 만들 때 계란 대신 넣어 포만감을 더한다. 국이나 찌개에 삶은 콩과 콩 삶은 물을 함께 넣기도 한다. 일단 삶아두면 어떻게든 먹을 방법을 찾기 마련이다. 이렇게 매주 콩

 아인슈페너보다 부드러운 백태콩 크림 콩물

을 삶아서 4년 넘게 먹다 보니 백태콩으로 해 먹을 수 있는 요리들을 꽤 많이 터득했다. 이렇게 훌륭한 콩이 제대로 된 가치를 조명받지 못하는 것 같아서 새로운 요리법들을 찾아내고 싶은 마음도 있었다. 백태콩으로 만든 맛있고, 일상에서 맛볼 수 있는 요리를 발굴하고 싶었다.

촘촘한 밀도와 고소한 묵직함, 부드러운 콩물의 맛

콩을 삶은 날에 반드시 해 먹는 것은 바로 '크림 콩물'이다. 체에 밭쳐둔 콩을 믹서기에 넣고, 콩이 잠길 정도로 물을 붓는다. 그리고 소금을 손끝으로 집어 아주 조금만 넣는다. 이 상태로 믹서기로 세 번에 나눠 곱게 갈아준다. 어느 정도 곱게 갈리면 물을 조금씩 추가하며 원하는 농도가 될 때까지 부드럽게 간다.

컵에 콩물을 따라내면 묵직한 콩물이 컵을 천천히 채운다. 마지막 콩물 표면에 사르르 덮인 거품까지, 마치 아인슈페너처럼 부드러워 보인다. 콩물을 담은 컵을 두 손으로 쥐면 갓 삶았을 때의 온기가 남아 있다. 고소한 콩의 향기가 풍기고 뒤이어 크림처럼 촘촘한 밀도와 고소한 묵직함이 연달아 느껴진다. 이렇게 맛있는 콩을 왜 모르고 살았을까? 씹을수록 부드럽게 퍼지는 콩물의 단맛에 감탄이 나온다.

두유 제조기가 훨씬 간편한 것을 잘 알고 있다. 그러나 나는 굳이 시간이 들여서 직접 불리고 삶고 갈아 만드는 방식을 선호한다. 두유 제조기로 만든 콩물과 직접 삶아서 갈아낸 콩물은 비교할 수 없을 정도로 맛의 깊이가 다르기 때문이다. 한 번 이 맛을 알게 된 이상, 이전으로 돌아갈 수는 없다.

콩물이 아침에 누리는 호사라면, 콩국수는 점심 시간에 즐기는 잔치다. 고소함의 대잔치.

고소함을 극대화하기 위해 땅콩버터와 참깨를 빻아 넣는다. 콩물보다는 물을 좀 더 넉넉하게 넣고 믹서기로 곱게 간다. 소금은 간을 보면서 추가한다. 갈린 콩물은 용기에 담아 냉장고에서 20분 정도 넣어둔다. 그동안 소면을 삶고, 오이를 얇게 썰다 보면 콩물도 적당히 시원해진다. 삶은 면 위에 진득한 콩물을 붓고 얼음도 3~4개 띄운다. 오이는 면만큼 듬뿍 쌓는다. 콩국수 한 숟가락 떠서 먹어보면, 짭

 아인슈페너보다 부드러운 백태콩 크림 콩물

짤하면서도 고소하게 퍼지는 콩물에 박수가 절로 나온다.

콩물을 육수처럼 활용해도 정말 맛있다. 비지 대신 콩물을 넣어 끓이면 훨씬 고소한 비지찌개를 끓일 수 있고, 청국장이나 된장찌개, 미역국에 넣기도 한다. 그중에서도 콩물을 넣은 '콩물 떡국'을 제일 좋아한다. 떡국을 끓이다가 마지막에 콩물을 넣고 약불에서 살짝 끓인 뒤, 대파와 후추를 추가하면 사골육수에 뒤지지 않는 콩물 곰탕이 된다.

콩으로 만든 콩조림도 즐겨 먹는데, 콩자반보다 만드는 법도 훨씬 간편해서 거의 매주 만들어둔다. 삶은 콩과 간장, 물, 페페론치노를 넣고 끓이다가 곤약이나 새송이버섯을 추가한다. 마지막으로 생강을 조금 다져 넣으면 딱 고급 이자카야에서 내어주는 안주 느낌이 난다. 콩은 바짝 졸일 필요 없이 15분 정도만 끓인 다음 용기에 담아 냉장고에 넣어두면 간이 서서히 밴다. 딱딱하고 진득한 콩조림보다 훨씬 우아한 느낌이고 콩의 단맛이 오롯이 느껴져서 밥 먹을 때마다 꼭 곁들여 먹는다.

역시나 콩 요리에서 후무스를 빼놓을 수가 없다. 본래 후무스는 병아리콩을 갈아 만든 중동의 소스이다. 병아리콩이 아니더라도 여러 가지 콩으로 만들 수 있는데, 그중에서도 백태콩으로 만들면 더 묵직하고 풍요로운 고소한 맛이 있어서 개인적으로 백태콩 후무스를 가장 좋아한다. 꾸덕꾸덕하고 크림 같은 질감을 좋아하는 한국인에게도 백태콩 후무스가 입맛에 더 잘 맞다고 생각한다.

보통 후무스는 빵에 발라 먹거나 샐러드로 먹지만 나는 후무스를 온갖 요리에 활용한다. 치즈 대신 후무스를 듬뿍 발라 피자를 굽거나 타코, 주먹밥이나 김밥, 카레에 조금씩 섞어 먹기도 한다. 후무스를 여러 요리와 함께 먹다 보니 콩은 강렬한 맛이나 향을 내기보다는 다른 재료들의 풍미를 살려주는 존재라는 걸 깨닫게 된다.

마치 버터가 요리의 밑바탕이 되어 전체적인 풍미를 끌어올리듯, 후무스도 그렇다. 콩의 풍부한 단백질과 지방이 맛을 부드럽게 감싸면서 재료가 가진 고유의 맛을 한층 더 깊고 선명하게 만들어준다.

　　　　　　아인슈페너보다 부드러운 백태콩 크림 콩물

다양한 백태콩 요리를 먹다 보면 의아한 점이 한둘이 아니다. 왜 지금까지 아무도 백태콩이 맛있다는 걸 알려주지 않았을까? 병아리콩보다도 영양 면에서 월등히 뛰어나고, 맛도 좋은데 어째서 소비자들에게는 렌틸콩이나 병아리콩이 훨씬 익숙한 존재일까? 수입 콩에 비해 국산 콩들이 외면받고, 백태콩으로 만든 요리도 여전히 두부, 된장, 청국장에서 크게 벗어나지 않는다는 사실도 속상하다.

실제로 국산 콩의 소비량은 매년 꾸준히 감소하고 있다. 저평가된 채소의 진가를 발굴하는 것이 내겐 늘 즐거움이었지만, 백태콩 앞에서는 유독 즐거움보다 안타까움이 앞섰다. 이렇게 훌륭한 식재료가 더 많은 사람에게 널리 알려졌으면 하는 애틋함이 자꾸만 커졌다.

이 애틋함에는 이유가 있었다. 백태콩은 맛과 영양이 뛰어날 뿐만 아니라, 우리가 발 딛고 사는 땅에도 이로운 영향을 미치기 때문이다. 콩은 뿌리에 사는 박테리아와 협력해 땅을 비옥하게 만들어준다. 게다가 소나 돼지를 거치지 않고 인간이 콩을 바로 섭취한다면, 우리는 더 적은 자원으로도 충분한 영양을 얻을 수 있다. 백태콩을 가까이할수록, 이 작은 콩알 하나가 품은 가능성이 무궁무진하다는 사실에 놀랐다. 만약 기후 위기로 식량난이 닥친다면, 우리 곁에서 묵묵히 자라는 이 콩이 희망이 될 수 있지 않을까? 오래전 기근이 들 때마다 우리 조상들이 담벼락에 자란 콩으로 연명했던 것처럼 말이다.

그렇게 나는 콩을 삶다가 평생의 업을 찾았다. 국산 백태콩으로 건강하고 맛있는 먹거리를 만드는 '소이, 아워밀'이라는 브랜드를 시작하게 된 것이다. 첫 제품인 후무스를 시작으로, 우리 콩의 가치를 담은 다양한 음식을 선보일 계획이다. 이제 백태콩을 보면 콩의 삶이 마냥 부러운 마음만 들지는 않는다. 콩이 내게 가야 할 길을 알려주었기 때문이다.

 아인슈페너보다 부드러운 백태콩 크림 콩물

봄에만 허락된 아삭함과 풋풋함, 마늘종

견과류와 들기름이 감싼 마늘종의 알싸함.
베이글에 듬뿍 발라 먹는
꾸덕하고 고소한 스프레드.

마늘종 들기름 페스토

사업을 시작하면서 유독 바쁜 해였다. 매년 계절마다 촘촘하게 챙겨 먹었던 채소들을 몇 번이고 놓쳐버릴 만큼, 정신없는 시기를 보내고 있었다. 그날도 어김없이 도시락을 대충 싸서는 허겁지겁 집을 나서서 지하철역을 향해 걸어가고 있었다. 어느새 코끝에 닿는 공기도 따뜻해졌다.

지하철까지 가는 짧은 길에서도 단단한 보도블록 사이를 비집고 올라온 잎들이 어느새 꽃을 피우고 있다. 개망초도 꽃을 피우려고 긴 꽃대를 올리고 모든 식물이 바삐 꽃을 피우는 시기. 벌써 5월이 끝나간다. 아무리 바쁘더라도 제 할 일을 톡톡히 해내는 작은 풀들이 새삼 대단하다. 문득 개망초의 꽃대를 보니 지금쯤 한창 꽃대를 올리고 있을 마늘밭의 풍경이 머릿속에 펼쳐졌다. 그러고 보니 봄이 끝나가는데 마늘종을 한 번도 먹은 적이 없다. 맙소사, 마늘종을 깜빡하다니!

1년 중 딱 한 달만 만날 수 있는 채소

식물들이 꽃을 피워 번식하는 것처럼 마늘도 꽃을 피운다. 그러나 마늘을 수확하기 위해서는 꽃을 피워서는 안 된다. 꽃을 피우면 그동안 뿌리에 모아두었던 영양분이 꽃으로 모조리 가버리기 때문이다. 그러므로 꽃대를 자른다. 이렇게 잘라낸 마늘 꽃대를 모아서 파는 것이 바로 '마늘종'이다. 이 희귀한 채소를 어쩌다가 먹기 시작했을까? 채소의 처음을 상상하다 보면 매번 감탄한다. 그중에서도 마늘종은 유독 희소한 존재다. 1년 중 딱 한 달만 만날 수 있는 채소인데다, 우리가 먹는 부위가 흔치

　봄에만 허락된 아삭함과 풋풋함, 마늘종

않은 '꽃대'라는 특수성을 가졌기 때문이다. 맛과 식감 역시 희소성만큼이나 선명한 개성을 지녔다.

사무실로 향하는 지하철 안에서 서둘러 마늘종을 검색했다. 이미 마늘종 수확이 끝났을 때라 마음이 더욱 조급해진다. 지금이 아니면 마늘종을 1년 동안 먹을 수 없을 테니까. 매년 마늘종을 주문하는 곳에서는 역시나 모두 품절이다. 계속 보다 보니 경상북도의 한 생산자를 발견했다. 유일하게 국산 마늘종을 판매하는 곳이다. 직접 수확해서 판매하시는 거라 후기가 많지 않아도 왠지 믿음이 간다. 반가운 마음에 최신 댓글을 확인해보니 올해는 5월까지 서늘한 날이 계속 이어져서 6월 초까지도 수확할 수 있을 것이라는 답변을 발견했다. 휴, 다행이다. 사실 이상 기후 덕에 얻은 행운이긴 하지만 아무렴 어떨까. 서둘러 마늘종 1kg을 주문했다.

지역마다 시기는 조금씩 다르지만 대체로 마늘종의 수확 시기는 4월 말에서 5월까지다. 마트에서 1년 내내 진열된 마늘종은 중국산이다. 마늘종은 유독 국산과 중국산의 맛 차이가 뚜렷하다. 국산 마늘종은 굵기가 훨씬 두툼하고, 생으로 먹으면 아삭하며, 익혔을 때의 부드러움과 풍미도 다르다. 무엇보다 마늘의 생애 주기를 떠올린다면 봄에 먹는 것이 가장 자연스럽지 않은가?

마늘종을 주문하니 한결 마음이 편해졌다. 이제부터 마늘종으로 해 먹을 요리들을 계획해본다. 가장 먼저 해 먹을 건 당연히 소금 볶음. 어떤 재료든 가장 순수하게 그 재료 본연의 맛을 먹으려면 조리를 최소화하는 방식이 최고라고 생각한다. 기름에 살짝 볶아 소금을 뿌려 굽거나 살짝 데쳐서 소금을 뿌려 먹는다. 맵싸한 마늘의 향이 구워지면서 부드러운 풍미로 바뀐다. 구워 먹을 마늘종의 식감을 상상하다 보니 벌써 내일이 기다려진다.

입 안 가득 퍼지는 감칠맛, 마늘종 올리오

토요일 아침. 느지막이 일어나 혹시나 하는 마음으로 현관문을 열어본다. 벌써 마늘종이 도착해 있었다! 아침 일찍 주문하길 잘했다. 종이상자에 담긴 마늘종 두 봉지. 하마터면 마늘종을 놓치고 봄을 지나쳤을 것을 생각하니 아찔하다.

아침을 먹기엔 늦었고, 점심을 먹자니 조금 이른

    봄에만 허락된 아삭함과 풋풋함, 마늘종

시간. 마늘종 소금 볶음보다는 제대로 된 식사를 해야겠다고 생각해 '마늘종 올리오'로 노선을 틀었다. 마늘로 만드는 알리오 올리오에 마늘종의 식감과 풍미가 더해져서 훨씬 깊은 맛이 나는 알리오 올리오를 만들 수 있다. 무엇보다 딱 이맘때에만 먹을 수 있는 계절 요리이기도 하니, 더욱 귀하게 느껴지기도 한다.

먼저 마늘종 2~3개를 잘게 다진다. 마늘도 2톨 빻아 올리브유 2큰술에 다진 마늘종과 함께 넣는다. 소금 0.5작은술, 페페론치노 2개도 부숴 넣는다. 이렇게 잠시 기름에 담가두기만 해도 마늘종과 마늘의 화학성분이 빠져나와서 깊은 풍미를 만들 수 있다. 그다음에는 냄비에 물을 담고 소금 2/3큰술을 넣어 끓인다. 물이 끓으면 스파게티 면을 6분 정도 삶는다. 그동안 같이 데쳐줄 마늘종도 자른다. 마늘종은 3cm 길이로, 면의 양과 비슷한 만큼 넉넉하게 준비한다. 끓는 물에 마늘종을 넣고 1분 정도 데친 후, 면과 마늘종을 함께 건져낸다. 이렇게 살짝 데치면 훨씬 부드러운 마늘종의 식감을 느낄 수 있다.

달궈진 팬에 마늘종과 마늘, 기름도 함께 넣어 약불로 서서히 익힌다. 마늘은 타면 쓴맛이 나기 때문에 불 조절이 중요하다. 약한 불로 타지 않고 천천히 마늘종과 마늘이 익어갈 수 있도록 차분하게 기다린다. 지글지글 마늘종과 마늘이 익으면서 맛있는 냄새로 가득하다. 어째서 마늘 볶은 냄새는 이토록 향기로운 걸까.

건져둔 면과 마늘종, 면수도 한 국자 부어서 빠르게 볶아준다. 지금까지 차분했던 마음은 접어두고 재빠르게 팬을 이리저리 움직이며 소스와 면이 잘 섞이게끔 젓가락으로 섞어준다. 마늘종만으로도 알리오 올리오의 맛이 훨씬 깊어졌다. 만약 평소에 알리오 올리오에 항상 실패했었다면, 마늘종 올리오를 시도해보기를 권한다. 누가 만들어도 맛있기 때문이다. 간을 보고 소금이나 면수로 간을 더해 1~2분 정도 볶다가 불을 끈다. 동그랗게 모양을 잡아 접시에 옮긴다. 마지막으로 소금과 후추를 살살 뿌려 마무리한다.

포크로 면과 마늘종을 듬뿍 찍어 한입에 먹는다. 기름에 구운 마늘종의 고소한 향이 퍼진다. 부드럽

   봄에만 허락된 아삭함과 풋풋함, 마늘종

고 아삭한 식감 사이로 달콤함이, 위에 뿌린 소금으로 인해 감칠맛이 폭발한다. 역시 예상을 빗나가지 않는다. 너무 맛있다. 마늘종이 위에서 향을 뿜어내면, 다진 마늘의 향은 아래를 묵직하게 받쳐준다. 꽃대와 뿌리가 만들어낸 깊은 맛에 감탄한다. 마늘의 매운 향들은 익혔을 때 단맛으로 바뀌며 깊은 풍미를 내는데, 여기에 마늘종의 부드러운 식감까지 더해지니 황홀하다.

만약 조금 더 색다른 버전의 마늘종 올리오에 도전하고 싶다면 허브나 향신료를 활용해도 좋다. 오레가노와 바질잎은 이탈리아 어느 지방의 할머니가 만들어준 것 같은 파스타가 되고, 고수 씨앗과 페페론치노를 빻아 넣으면 홍콩 거리에서 먹어본 듯한 중화풍 누들 요리로 변신한다.

크림치즈 부럽지 않은 마늘종 페스토

마늘종 올리오로 마늘종의 본질을 제대로 느꼈다면 그다음은 조금 색다른 요리를 시도해볼 차례다. 바로 '마늘종 들기름 페스토'다. 쪽파를 듬뿍 넣은 크림치즈가 먹고 싶어서 마늘종으로 만들어본 비건식 스프레드다.

　마늘종은 들기름과도 맛과 향이 잘 어울려서 올리브유 대신 들기름을 베이스로 만든다. 믹서기에 아몬드나 호두 한 줌, 들기름 반 컵, 그리고 끓는 물에 30초간 데친 마늘종을 넣는다. 여기에 소금과 약간의 두유를 더해 잘 갈아주면 끝. 마늘종과 들기름이 촘촘히 섞여 농축된 풍미의 페스토가 완성된다. 여기에 잘게 다진 생마늘종을 추가로 섞어주면, 견과류와 들기름의 풍부한 지방이 마늘종의 알싸함을 부드럽게 감싸준다. 크래커나 베이글에 듬뿍 발라 먹으면 뉴욕의 크림치즈가 부럽지 않다. 특히 중간중간 씹히는 알싸한 마늘종 조각이 매력적이다. 단, 생마늘종이 씹히는 게 맛있다고 해서 마늘종을 생으로 갈아서는 안 된다. 익히지 않고 갈아버리면 너무 아려서 도저히 먹을 수 없기 때문이다.

　분명 마늘의 향과 맛이 느껴지는데, 식감은 영락없는 채소다. 이것이 바로 마늘종의 반전 매력이다. 생으로 먹으면 코끝 찡한 매운 향이 살아 있지만, 익히면 뭉근한 단맛이 돌며 식감도 한결 부드러워진다. 살짝 데친 마늘종은 그린빈과 식감이 비슷해

　　　　　　　　　봄에만 허락된 아삭함과 풋풋함, 마늘종

<table>
<tr><td colspan="4" align="center">마늘종 100g의 주요 영양 성분(하루 권장 섭취량 대비 %)</td></tr>
<tr><td>단백질</td><td>1.9g(4%)</td><td>비타민 A</td><td>36㎍(6%)</td></tr>
<tr><td>식이섬유</td><td>4.6g(23%)</td><td>비타민 K</td><td>46㎍(72%)</td></tr>
<tr><td>칼슘</td><td>49mg(7%)</td><td>엽산</td><td>82㎍(21%)</td></tr>
<tr><td>철</td><td>0.5mg(4%)</td><td>비타민 C</td><td>44mg(44%)</td></tr>
<tr><td>마그네슘</td><td>19mg(7%)</td><td></td><td></td></tr>
</table>

출처: 식품의약품안전처

서 태국식 샐러드인 솜땀에 넣어도 이질감 없이 잘 어울린다. 새콤한 소스에 은은한 마늘 풍미와 기분 좋은 식감이 더해져 하나의 요리처럼 느껴진다.

마늘인 듯 마늘 아닌 이 묘한 정체성은 영양 성분에서도 드러난다. 알뿌리 마늘이 지닌 항염·항산화 성분을 그대로 품고 있으면서, 마늘보다 식이섬유와 비타민 C, 비타민 K가 더욱 풍부하다. 엄연히 광합성을 하는 초록색 꽃줄기이기에, 녹색 채소만이 줄 수 있는 영양까지 고루 갖춘 셈이다.

가장 고전적인 반찬, 마늘종 조림

새로 발견한 마늘종 요리들도 좋아하지만, 사실 내가 가장 좋아하는 마늘종 요리는 가장 고전적인 반찬인 '마늘종 조림'이다. 살짝 데쳐서 매콤하게 무쳐낸 것과 볶다가 간장에 조린 것 모두 좋아한다. 그중에서도 마늘종 간장조림은 어렸을 때부터 제일 좋아하는 반찬이었다. 엄마가 만들어준 마늘종 조림이 있으면 그날은 밥을 두 그릇이나 해치우기도 했다. 도시락통에도 이맘때쯤 항상 마늘종 조림이 있었다. 그래서인지 지금도 마늘종을 사면 습관처럼 마늘종 조림을 만들어 먹는다. 애초에 내가 그토록 마늘종을 찾아 헤맨 건, 결국 이 조림을 먹기 위해서였는지도 모른다.

초등학교 저학년 때에는 모두 점심 도시락을 먹었다. 내 도시락통에는 오이소박이, 부추김치, 된장에 무친 나물, 간장양념에 무친 멸치 같은 것들이 주를 이뤘다. 보통 어린이들의 도시락에 담겨 있는 공룡 모양의 너깃이나 문어 모양의 소시지가 들어가는 일은 거의 없었다. 도시락통을 꺼내기가 곤란했던 적이 한두 번이 아니었다.

사실 평소에 엄마가 싸준 반찬들은 모두 내가 좋아하는 메뉴들이었다. 나는 소시지나 햄보다는 채소 반찬들을 더 좋아했다. 어른이 된 지금이야 아무

　　　　　　봄에만 허락된 아삭함과 풋풋함, 마늘종

럼 상관없지만, 어렸을 때는 왠지 내가 또래들과 다른 취향을 가지고 있다는 것 자체만으로도 쑥스러웠고, 당당하게 이야기하기도 어려웠다. 아주 작은 다름의 요소도 놀림거리가 되곤 하니까.

그러나 마늘종 조림이 있는 날만큼은 부끄러움에도 아랑곳하지 않았다. 쑥스러움과 창피함도 이겨낼 만큼 좋아하는 반찬이었기 때문이다. 도시락 먹는 시간이 기다려지기도 했다. 정신없이 밥과 마늘종 조림을 먹고 있을 때, 담임 선생님이 내 자리로 와서 말을 건넸다.

"맛있어 보이는데 마늘종 하나만 먹어봐도 될까?"

선생님께서는 마늘종을 젓가락으로 집어 한입 드시고는 정말 맛있다고, 엄마에게 맛있게 먹었다고 꼭 전해달라고 하셨다. 나는 왠지 기뻤다. 또래들만 가득한 공간에서 가장 큰 어른인 선생님과 같은 취향인 것도 좋았고, 화려한 반찬들 사이에서 엄마의 요리가 제일 맛있다고 인정받은 것 같았기 때문이다.

그날 저녁에 엄마에게 있었던 일들을 이야기했다. 다음 날 도시락 가방에는 선생님에게 드릴 마늘종 조림이 담겨 있었다. 이제 그 공간에 있던 누구의 이름도 얼굴도 기억나지 않는 아주 어릴 적 일이지만, 그날 환하게 웃었던 선생님의 얼굴은 아직도 선명하게 기억난다.

봄 끝자락에 깃든 채소의 추억

담임 선생님도 반해버린 엄마의 마늘종 조림은 이렇게 만든다. 마늘종은 3cm 길이로 썰고 예열한 팬에 기름을 둘러 볶는다. 간장 7큰술과 물 반 컵을 넣고 중불로 졸이다가, 어느 정도 졸아들면 불을 줄인다.

마늘종 조림은 부드러운 식감이 특징이다. 마늘종 중심부까지 양념이 부드럽게 배어들도록 충분히 졸이듯 볶는다. 의외로 마늘종의 질감이 단단해서 오래 졸여야 맛이 속까지 배어든다. 양념이 절반으로 줄었을 때쯤 올리고당 3큰술을 넣고 뒤적인다. 최근에는 혈당 때문에 설탕이 죄악시되고 있지만, 마늘종 간장조림을 만들 때만큼은 넉넉하게 넣도록 하자. 올리고당이 조림의 윤기를 더하고 마늘종의 식감을 더욱 촉촉하게 만들어주기 때문이다.

액체 같았던 양념이 약간 진득한 조림이 되었을 때, 불을 끄고 참기름을 두르고 통깨도 뿌린다. 마늘종 조림을 한 번 맛보면 멈출 수 없다. 왜 담임 선생님이 굳이 엄마에게 맛있었다고 꼭 말씀드리라고 했는지 수긍하게 되는 맛이다.

내일은 마늘종 조림을 만들어야겠다. 어쩌면 마늘종을 그토록 놓치지 않고 싶었던 이유는 엄마가 그리워서인지도 모르겠다. 어린 시절 이맘때쯤 거의 매일 도시락으로 먹었던 마늘종 조림이 내 무의식 어딘가에 깊이 각인되어서, 어느 순간 엄마를 추억하는 나만의 의식이 되었다.

꽃을 피우는 봄 끝자락에 잠시 만나는 마늘종은 세상을 일찍 떠난 엄마를 떠올리게 한다. 왠지 마늘종을 먹지 않고 지나간다면, 그해에는 엄마를 잊어버린 것만 같다. 이제 엄마는 내 곁에 없지만 나는 엄마가 해주었던 요리를 통해 엄마를 그리워하고 기억한다. 이렇듯 채소에는 추억이 깃들어 있다. 마늘종은 꽃 피는 시기에만 잠시 만날 수 있는, 엄마를 향한 그리움이자 행복한 기억이다.

버섯이 주인공이 되는 순간,
진국 버섯탕

들기름에 자글자글 볶아낸 버섯을
푹 끓여 국물까지 떠먹는 즐거움,
버섯의 맛과 향을 남김없이 담았다.

버섯탕

어느 날, 버섯이 자라기 시작했다

봄에 바질 씨앗을 화분 세 개에 나눠 심었다. 화분 세 개일 뿐이지만 생활에는 적지 않은 변화를 불러왔다. 아침에 일어나자마자 화분의 상태를 점검하는 습관이 생긴 것이다. 화분까지 걸어가는 걸음 속에서 축축한 바닥이 느껴진다. 흙을 살짝 만져보니 여전히 습해서 오늘도 물을 주면 안 되겠다. 대신 바질잎을 수확해야지. 이미 냉장고에도 아직

버섯이 주인공이 되는 순간, 진국 버섯탕

먹지 않은 바질잎들이 있지만, 가지치기를 해야 더 풍성하게 자라기 때문에 오늘의 바질 수확을 미룰 수 없다. 작은 가위로 바질잎이 난 줄기를 '똑' '똑' 잘라 그릇에 담는다.

가지치기를 하다 보면 바질잎 구석구석까지 눈길이 닿는다. 어떤 잎은 유난히 커다랗고, 어떤 잎은 잎이 나기 시작할 때부터 꼬여 자란다. 길어지는 장마 속에서 혹여나 흙에 곰팡이가 피지는 않았을지 화분과 흙까지 꼼꼼히 살펴보다가 깜짝 놀랐다. 버섯이 나타났기 때문이다.

화분 옆에 비스듬하게 나 있는 물 빠짐 틈 사이로 5cm 길이의 조그마한 갓을 쓴 버섯이 당당하게 자리를 잡고 있다. 흰색의 몸통에 갓의 중앙 부분이 갈색으로 그러데이션되어 있는 버섯. 지금은 멈춰 있지만 내가 보기 전까지는 움직였던 것이 분명하다. 왜냐하면 어제까지만 해도 버섯의 흔적이랄 것을 찾아볼 수 없었기 때문이다. 크기라도 작았다면 '버섯이 자라기 시작했구나'라고 생각할 수도 있는데, 이 정도의 크기는 내가 일어나기 전까지 움직이다가 이곳에 자리를 잡았거나, 혹은 자는 동안에 순식간에 몸집을 키워냈다고밖에 볼 수 없다. 그야말로 '뽕' 하고 나타난 것이다. 도대체 이 버섯은 어디에서 왔을까? 창밖으로 가라앉아 있는 회색빛 하늘 아래에서, 축축한 거실 공기 속에 버섯과 함께 있는 순간이 신비롭게 느껴졌다. 왠지 계속 바라보고 있으면 버섯이 내게 말을 걸 것만 같았다.

몰래 숨어 있다 불쑥, 버섯의 생명력

사실 버섯의 포자는 어디에나 있다. 약초 연구자인 모 와일드의 《야생의 식탁》에 따르면 대체로 공기 중에는 1m³당 약 1,000개에서 1만 개의 포자가 떠다닌다고 한다. 비가 오면 포자의 수는 2만 개에서 17만 개까지 폭발적으로 증가한다. 포자가 공기를 떠다니다가 적절한 환경을 찾게 되면 자리를 잡고 번식하기 시작하는 것이다. 당연히 지금같이 습기로 공기를 가득 메운 시기에는 버섯이 등장하지 않는 것이 이상한 일이다. 어쩌면 흙 속에 버섯의 포자가 몰래 숨어 있다가 나타난 것일지도 모른다. 버섯이란 알면 알수록 독특한 존재라는 걸 깨닫게 된다. 확실히 다른 채소, 과일, 곡물과 같은 식물과

 버섯이 주인공이 되는 순간, 진국 버섯탕

는 알 수 없는 묘한 구석이 있다.

생태계의 관점에서도 버섯의 위치는 독특하다. 산림청의 자료에 따르면 식물이 생산자라면 동물은 소비자이고, 버섯은 분해자이다. 식물이나 동물이 생을 다했을 때, 버섯은 그들을 양분 삼아 번식하며 다시 흙으로 돌려보낸다.

넷플릭스 다큐멘터리 〈환상의 버섯〉에서는 이 놀라운 순환의 과정과 그 너머의 경이로운 이야기들로 가득하다. 유조선의 기름을 분해하고, 거대한 균사체 네트워크로 나무들의 소통을 도우며, 화재로 훼손된 숲의 복원까지 돕는다. 버섯은 단순히 먹거나 먹지 못하는 존재를 넘어, 생태계 전체를 살아 숨 쉬게 하는 순환의 핵심에 자리하고 있다.

이 버섯을 어떻게 하나 고민에 빠졌다. 버섯을 계속 기르자니 바질 화분을 뒤덮을까 봐 걱정된다. 아무래도 제거하는 편이 낫겠다. 내가 아무리 버섯을 좋아한다지만, 이 정체불명의 버섯만큼은 먹어 볼 엄두가 나지 않았다. 옆으로 비스듬히 자라난 버섯을 잡고 쏙 뽑으니 버섯의 촉촉하고 부드러운 촉감이 느껴진다. 문득 그 생명력에 대해 감탄하게 된다. 나는 이 더위와 습기에 지쳐 잠도 설치고 매일 조금씩 생기를 잃어가고 있는데, 이 와중에 신나서 피어나는 버섯이라니. 어쩌면 지금 내게 필요한 것은 이 장마를 제대로 즐기고 있공 버섯 같은 에너지일지도 모르겠다.

버섯으로 부릴 수 있는 사치

그 순간 갑자기 버섯탕이 떠올랐다. 버섯탕의 깊고 진한 국물을 생각하니 당장 먹지 않고는 못 배길 것 같아 생각난 김에 바로 실행에 옮기기로 했다. 오늘 점심은 버섯탕이다. 결심하자마자 재빠르게 에코백 하나를 들고 마트로 나선다.

마트에 들어서자마자 버섯 코너로 향한다. 새하얗고 통통한 새송이버섯, 한입에 쏙 들어갈 만한 꼬마 새송이버섯, 중후한 가죽처럼 멋진 무늬를 가진 표고버섯, 늘씬하고 귀여운 갓을 쓴 팽이버섯, 바닷속 해초 같은 모양으로 뻗어 자란 느타리버섯, 동화 속 그림 같은 양송이버섯 그리고 목이버섯까지. 무엇보다 부담 없는 가격도 버섯의 큰 장점이다. 특히나 새송이버섯, 느타리버섯, 팽이버섯은 천 원대에

   버섯이 주인공이 되는 순간, 진국 버섯탕

사계절 내내 먹을 수 있다.

생각해보면 다른 채소와 다르게 버섯은 제철이 따로 없다. 광합성을 하지 않으니 햇빛이 필요 없고 온도와 습도, 양분이 갖춰지면 끊임없이 자란다. 신선 코너의 채소가 무와 배추에서 냉이, 두릅, 얼갈이, 열무, 당근, 대파로 바뀌더라도 버섯은 늘 같은 모습으로 그 자리에 있다.

마음 같아서는 모든 버섯을 다 사고 싶지만, 그래도 신중하게 오늘 버섯탕의 재료를 골랐다. 제일 먼저 버섯탕의 깊은 풍미를 담당할 표고버섯, 식감이 좋은 새송이버섯, 감칠맛 담당 목이버섯, 팽이버섯까지 바구니에 담았다. 평소에 여러 종류의 버섯을 동시에 사는 일은 드물지만, 오늘은 마음껏 사치를 부려본다. 버섯탕은 여러 가지 버섯을 넣고 푹 끓일수록 맛이 더 깊어지기 때문이다. 게다가 이렇게 마음껏 담아도 만 원이 넘지 않으니 부담도 없다. 오히려 버섯탕을 만들고 남은 버섯으로 해 먹을 수 있는 요리들도 동시에 계획 중이다.

새송이버섯을 구워서 상추에 싸 먹고, 시원한 새송이 물회도 해 먹고, 남은 팽이버섯은 에어프라이어에 구워서 맥주랑 먹어야지. 일주일 동안 해 먹을 버섯 요리들을 상상하며 들뜨기 시작했다. 벌써 생기가 회복된 느낌이다.

가볍게 툭툭 털어내면 준비 완료

버섯을 가득 담은 에코백을 들고 집으로 간다. 후텁지근한 공기는 마치 물속처럼 몸을 감싼다. 요리의 재료를 구할 수 있는 좀 더 간편한 방법들이 얼마든지 있지만, 나는 여전히 직접 장을 보는 이 수고로움이 좋다. 내게 집밥이란 단순히 완성된 요리를 먹는 것이 아니라, 재료를 고르고 선택하는 그 모든 과정을 포함하는 일이기 때문이다. 화면 속 이미지가 아닌 실재하는 채소의 물성과 생기를 마주하고 직접 손으로 만져보며 괜스레 앞면과 뒷면을 뒤집어 보는 소소한 동작들, 모르는 사람들과 비슷한 목적으로 잠시 머무르는 공간, 계산 순서를 기다리다가 점원분과 나누는 짧은 대화. 이 모든 생생한 감각들이 스며들어서인지, 직접 장을 본 채소로 만든 요리는 언제나 조금 더 특별한 맛이 난다.

집밥을 해 먹을 때 버섯이 좋은 이유 중 하나는

 버섯이 주인공이 되는 순간, 진국 버섯탕

손질이 거의 필요 없다는 점이다. 흙이나 이물질만 가볍게 툭툭 털어내면 준비가 끝난다. '정말 씻지 않아도 될까?'라는 의심이 늘 생기지만, 버섯의 영양을 지키기 위해서라도 물에 씻지 않는 편이 낫다.

버섯에 풍부한 비타민 B군은 우리 몸에 활력을 더해준다. 비타민 B군은 물에 녹는 수용성 비타민이라 물에 씻거나 담가두는 순간 물속으로 빠져나갈 수 있다. 그러므로 버섯의 영양을 온전히 섭취하고 싶다면 씻지 않고 바로 조리해야 효과적이다. 조리할 때 나온 버섯의 수분이나 국물까지 남김없이 먹는 것이 좋다고 한다. 버섯탕은 무엇보다도 버섯의 영양을 온전히, 깊게 맛보고 섭취하는 요리이니 씻고 싶은 마음이 생기더라도 이번만큼은 툭툭 털고 조금 거칠게 요리해보는 걸 추천한다.

끓일수록 깊어지는 맛, 버섯탕

표고버섯 세 개를 집고 1cm 두께로 썬다. 밑동도 가지런히 손으로 뜯어두고, 새송이버섯 하나는 세로로 얇게 썬 다음 표고버섯 길이와 비슷하게 썬다. 목이버섯 한 줌은 두세 번 숭덩 썰고, 팽이버섯은 밑동을 잘라내고 손으로 뜯는다. 대파는 어슷썰기, 양파는 십자로 두 번 잘라내면 재료 손질은 끝이다.

버섯을 요리할 때는 복잡한 과정이 없어서 왠지 내가 더 요리 전문가가 된 것 같은 느낌이 든다. 손질하고 보니 버섯이 산더미처럼 쌓였다. 너무 많은가 싶은 생각이 들었다면 제대로 하고 있다는 뜻이다. 버섯의 80~90%는 수분이기 때문에 볶거나 데치면 한 줌이 되어버린다. 평소에 사용하는 냄비를 가득 채울 정도로 준비해야 나중에 먹을 땐 딱 적당한 양이 된다.

버섯 손질이 끝났으면, 이제 본격적으로 버섯의 잠재력을 깨워볼 차례다. 물에 넣고 바로 끓이는 대신, 버섯의 표면을 살짝 그을린 다음 국물을 내서 풍미를 끌어올린다. 마이야르 반응으로 풍미가 훨씬 깊어지고, 살짝 볶아서 수분을 날리는 과정을 통해 맛 성분이 농축되며 감칠맛도 생긴다. 요리 결과물의 차이는 언제나 이런 사소한 디테일에서 온다.

달군 냄비에 들기름을 두르고 표고, 목이, 새송이 버섯을 차례로 넣는다. 이때 소금을 살짝 더하면 간이 밸 뿐 아니라 버섯의 맛과 향이 한층 선명해진

    버섯이 주인공이 되는 순간, 진국 버섯탕

다. 구수한 들기름 향이 버섯에 스며들기 시작하고, '자글자글' 경쾌한 소리와 함께 표면이 갈색으로 변하면 바로 이때다. 망설임 없이 물을 붓고 큼직하게 썬 양파와 대파를 넣는다. 이제 남은 것은 기다림뿐. 버섯이 품고 있던 맛있는 성분들이 국물 속으로 온전히 녹아 나오도록 시간에 맡긴다.

한소끔 끓고 나면 간장 한 스푼으로 향을 더하고, 모자란 간은 소금으로 맞춘다. 간을 보며 한입 떠먹는 순간, 지금까지 먹었던 버섯을 넣은 요리와 국물의 차원이 다르다는 말을 실감하게 될 것이다. 훠궈집의 버섯탕보다도 열 배는 깊은 버섯 그 자체의 순수하고도 진한 맛. 이때 쪽파나 부추와 같은 향채를 곁들이면 맛을 한층 돋우어준다. 여기에 누룽지를 넣어 푸근한 누룽지탕으로 즐겨도 좋고, 쌀국수를 넣고 끓인 다음 고수를 얹어서 이국적으로 먹어도 맛있다. 지금까지 이 버섯탕을 해 먹고 맛없다고 한 사람이 없었다. 누구나 쉽게 만들 수 있으면서도 맛은 어느 정도 보장되어 있어서, 요리가 익숙하지 않은 사람이 끓여도 훌륭한 결과물을 마주할 수 있다. 장담하건대, 나도 요리를 꽤 잘할 수 있는 사람이라는 자신감을 갖게 될 것이다. 버섯의 잠재력을 제대로 꺼낼 수만 있다면 말이다.

넓적한 그릇에 버섯탕을 가득 담고 식탁으로 조심히 옮긴다. 버섯탕을 숟가락으로 듬뿍 떠서 국물부터 한입 떠먹어본다. 역시, 버섯에는 실패가 없다. 요리하느라 뜨거워진 공기에도 불구하고 입맛만은 생생하고 날카롭게 살아 있다. 구수한 향에 깊은 감칠맛. 이 맛을 색깔로 고른다면 500년 된 고목의 나무껍질 깊숙한 곳에서 고고히 빛나는 어두운 갈색을 고르겠다. 평소에 먹는 버섯의 요리들은 버섯이 가진 매력의 표면만을 잠시 스친 것에 불과하다. 버섯탕은 버섯이 어디까지 깊어질 수 있는지를 깊게 경험하게 해준다.

정신없이 버섯탕을 먹다 보니 나조차도 뜨거운 탕에 익힌 버섯이 되어버린 것만 같다. 내가 버섯인지, 버섯이 나인지 모르는 경계에서 버섯탕 두 그릇을 말끔하게 비웠다. 땀 흘리며 버섯탕을 먹었더니 오히려 활력이 생긴다. 이쯤 되니 복날의 새로운 요리로 버섯탕을 올려도 되지 않을까?

    버섯이 주인공이 되는 순간, 진국 버섯탕

버섯탕이 별다른 조미료 없이도 깊은 감칠맛이 나는 원리는 버섯의 글루탐산과 구아닐산이라는 성분 때문이다. 글루탐산과 구아닐산은 감칠맛을 내는 대표적인 성분이다. 글루탐산과 구아닐산이 만나면 시너지 효과를 통해 맛이 더욱 깊어지는데, 거기에 마이야르 반응으로 인해 풍미와 맛까지 끌어올리니 그 자체로 완벽한 감칠맛 덩어리가 될 수밖에. 뭉근히 익어 단맛을 내는 양파, 그리고 풍미를 더하는 간장 한 스푼까지 더하면 맛이 없을 수가 없는 것이다.

특히 표고버섯은 다시마 다음으로 글루탐산이 많은 재료다. 만약 내 요리가 어딘가 2% 부족하게 느껴진다면, 건조 표고버섯을 활용해보길 권한다. 물에 불려두었다가 그 물과 건더기를 함께 넣는 것만으로도, 맛의 단계가 한층 올라간다.

버섯은 조리법에 따라 무한한 요리가 가능하다. 특히 나 같은 채소 탐험가에게는 보물섬 같은 존재다. 하지만 안타깝게도 외식 세계에서 버섯은 좀처럼 주인공이 되지 못한다. '버섯 매운탕'은 강한 양넘에 버섯 고유의 맛이 가려지기 일쑤고, 고깃집에서 감질나게 맛본 양송이버섯과 새송이버섯은 메뉴판에 이름조차 없다.

버섯은 늘 화려한 주연 곁을 맴도는, 반짝이는 실력과 잠재력을 가진 백업 댄서 같다. 그러나 나는 그들의 잠재력을 믿는다. 언젠가 그들이 당당히 무대 중앙에서 대중의 사랑을 받는 날이 오기를, 댄서 출신 아이돌처럼 '뽕' 하고 데뷔할 그날을 손꼽아 기다려본다.

 버섯이 주인공이 되는 순간, 진국 버섯탕

무한 대파 요리와 함께한
풍요로운 일주일

달큼하게 구운 대파를 듬뿍 넣은 떡볶이.
쫄깃한 떡과 말랑한 대파를
번갈아 먹다 보면 대파가 빈약한 떡볶이로는
절대 돌아갈 수 없다.

대파 떡볶이

지하철을 꽉 채운 월요일 퇴근길, 머릿속이 복잡하다. 항상 뭘 먹을지 미리 계획해두는 편인데, 오늘은 뭘 먹어야 할지 도통 생각이 나지 않기 때문이다. 아니, 먹을 게 없다는 게 맞겠다. 미리 해둔 밥도 없고, 콩도 불려놓지 못했고, 채소도 다 떨어졌고, 냉동실에 손질해둔 비상 채소들도 다 먹었다.

아무래도 마트에 가서 장을 봐야겠다. 지하철 출구를 나서자마자 코끝에 시린 바람이 따끔하게 느꺼진다. 11월 초인데 벌써 코트를 꺼내야 하나, 갑자기 쌀쌀해진 날씨에 당황스럽다. 역에서 가장 가까운 마트로 발걸음을 재촉한다.

과일 매대를 지나 발걸음을 멈춘 채소 진열대. 대파 한 단이 990원? 망설일 필요 없이 대파부터 담는다. 동시에 머리가 윙윙 돌아가기 시작했다. 대파 한 단으로 해 먹을 요리를 차례로 떠올리다 보니 갑자기 에너지가 샘솟는다. 게다가 990원이라니! 올봄에 6천 원에 육박했던 대파 가격을 생각하면 횡재에 가깝다. 대파 가격은 널을 뛰는 경우가 잦아서 언젠가부터 대파 가격이 저렴해지면 무조건 담는 습관이 생겼다. 오죽하면 '파테크'라는 말도 생겼을까? 나도 집에 여유 공간만 있다면 대파를 심어두고 싶을 지경이다. 오늘의 장보기는 대파를 중심으로 뻗어나간다. 대파 듬뿍 넣은 콩나물국을 만들기 위해 콩나물 한 봉지, 대파구이에 곁들여 먹기 위한 레몬 3개, 대파김치랑 같이 먹을 칼국수 재료들, 항상 습관처럼 담는 느타리버섯, 새송이버섯, 마늘. 대파를 집어들며 시작하니 일주일 치 장보기 임무가 순식간에 마무리되었다.

  무한 대파 요리와 함께한 풍요로운 일주일

오늘처럼 식사 시간은 늦었는데 배는 고플 때 파스타만큼 좋은 메뉴도 없다. 대파의 식감과 풍미를 동시에 느낄 수 있는 대파 파스타. 채소 본연의 맛과 식감을 오롯이 느낄 수 있는 파스타라서 좋아하는 메뉴다. 물부터 끓이며 재빠르게 요리를 시작한다. 대파 하나를 집어 뿌리를 잘라내고 씻다가 숭덩숭덩 썬다. 물이 끓으면 소금과 스파게티 면을 넣고 5분 정도 익힌다. 그동안 대파를 썬다. 대파의 흰 부분은 반으로 갈라 얇게 채 썰고, 잎 부분은 잘게 썬다. 마늘도 세 개 정도 집어 도톰하게 편 썰고, 페페론치노도 잘게 부숴둔다. 사실 시간이 좀 더 여유롭다면 대파 뿌리까지 깨끗하게 씻어서 면 삶을 때 넣어주었을 텐데, 오늘은 배가 고프니 일단 저녁부터 해결하고 본다.

스테인리스 팬을 예열하고 올리브유를 두 바퀴 두른다. 마늘과 잘게 썬 대파를 넣고 약불로 충분히 기름을 낸다. 소금도 살짝 뿌려서 대파와 마늘의 맛있는 성분들이 빠져나오게 하고, 마늘과 파가 타지 않게끔 불을 약하게 조절한다. 지글지글 올리브유에 대파와 마늘이 익으며 벌써 맛있는 향이 집안을 가득 메운다. 창문을 활짝 열어젖히니 찬 공기가 부엌 깊숙한 곳까지 단숨에 다가왔다. 마늘과 대파 볶은 것에 페페론치노를 넣어 매콤한 향을 더하고, 삶은 면에 채 썬 대파를 넣어 1분 정도 익힌다.

이제 마지막 단계만 남았다. 익은 면과 파채를 집게로 집어 팬으로 옮긴다. 촤아 소리를 내며 팬 위로 구슬처럼 굴러다니는 물방울들 사이로 마음이 급해지기 시작한다. 면수 한 국자를 넣고 팬을 바삐 움직인다. 젓가락으로 충분히 기름과 수분이 섞여 소스가 되도록 에멀션(융화)을 시킨다.

역시나 맛있는 파스타는 요란하다. 더 맛있어지라고 비건 다시다도 0.5작은술을 넣었다. 1분 정도 열심히 움직였더니 제법 점성이 생겨 면에 달라붙었다. 맛을 보고 간이 부족해 소금과 면수 한 스푼을 넣고 젓는다. 접시에 동그랗게 모양을 잡아 파스타를 담은 뒤 팬에 남아 있는 파와 소스를 끼얹는다. 마지막으로 후추를 우두둑우두둑 갈아주면 오늘의 양식 대파 파스타 완성. 설레는 마음으로 식탁 위로 그릇을 들고 내려놓는다.

 무한 대파 요리와 함께한 풍요로운 일주일

구운 대파 향이 솔솔 풍겨 벌써 군침이 돈다. 포크로 면을 돌돌 말아 대파와 함께 입안 가득 넣으니, 곧이어 대파의 깊은 풍미와 달콤함이 퍼진다. 이게 진정한 테라피가 아닐까? 대파의 향, 맛, 탄수화물의 풍요로움까지, 오늘 혼란했던 머릿속이 말끔히 정돈되는 기분이다. 더불어 일주일 동안 정해져 있는 완벽한 대파 메뉴들까지. 나는 그저 일주일을 살아내기만 하면 된다. 하루를 마치고 집에 오면 맛있는 대파 요리들이 나를 기다리고 있을 테니까.

영혼을 데워주는 뜨끈한 대파 콩나물국

다음 날 저녁. 아무래도 갑자기 쌀쌀해진 날씨에는 영혼까지 데워줄 뜨끈한 국물이 필요하다. 전날 밤에 미리 씻어둔 대파 뿌리를 꺼낸다. 대파 뿌리를 손질할 때는 뿌리 중간에 톡 튀어나와 있는 부분을 칼로 도려내면 흙을 쉽게 제거할 수 있다. 파 뿌리는 국물 낼 때 유용하다. 말린 다시마와 말린 표고버섯도 전날 밤 미리 물에 담가두었다.

냄비에 물을 담고 다시마와 표고버섯 불린 것, 불린 물, 파 뿌리를 넣고 중불로 푹 끓인다. 5분 정도 끓으면 다시마와 대파 뿌리는 건져내고, 콩나물은 크게 한 줌 쥐어서 넣고 끓인다. 대파 흰 부분도 사선으로 썰어 넣어 깊이를 더한다. 바글바글 끓으면 다진 마늘 1큰술, 국간장 1큰술을 넣고 끓이다가 한 스푼 떠서 간을 본다. 나는 별로 한 게 없는 것 같은데 벌써 깊어진 놀라운 국물의 맛에 감탄하며 소금을 넣어 간을 맞춘다. 이때 다시다를 넣기도 하는데 오늘은 대파에 대파 뿌리까지 넣어서 그런지 이대로도 충분하다. 마지막엔 썰어둔 대파잎까지 듬뿍 얹어 마무리한다.

갓 지어서 김이 모락모락 나는 밥과 콩나물국, 그리고 김장김치. 단출해 보여도 깊이는 전혀 단순하지 않다. 국물 한입 떠먹으면 이미 국물의 깊이가 마치 심해까지 닿아 있는 느낌이다. 콩나물국을 먹다 보니 헛헛했던 마음 한구석이 따뜻해지고, 집안 공기도 푸근해졌다.

콩나물국은 내 소울푸드 중 하나다. 주기적으로 먹어줘야 영혼이 충전되는, 영혼에 각인된 요리. 사실 이름은 콩나물국일지라도 대파가 없다면 영원히 부족한 맛이 날 것이다. 나는 국물 요리가 생각

 무한 대파 요리와 함께한 풍요로운 일주일

보다 어렵다는 것을 깨닫고는 한동안 맛있는 콩나물국을 끓이기 위해 몰두한 적이 있었다. 그렇게 깨달은 것이 바로 다시다도, 새우젓도 아닌 바로 대파였다. 대파를 넣었을 때 국물의 시원함에 가장 큰 차이가 있었다. 엄마도 어느 순간부터 내가 만든 요리를 좋아했는데, 그 기점이 바로 이 콩나물국을 맛있게 끓이는 법을 터득했을 때였다.

대파의 진면목, 초록잎 풍성한 대파볶이

어느새 일주일의 한가운데인 수요일이 되었다. 사람들은 평균적으로 수요일에 고단함을 많이 느낀다고 한다. 그래서일까, 왠지 매콤한 요리가 먹고 싶다. 오늘은 칼칼하게 볶은 '대파볶이'를 먹어야겠다. 대파볶이는 떡볶이를 먹을 때마다 대파가 적은 것이 아쉬워서 대파를 왕창 넣어 만든 떡볶이다. 대파를 듬뿍 넣어 소스의 감칠맛을 확 끌어올리고, 구운 대파도 먹고 떡도 함께 먹는다.

호기롭게 대파 한 뿌리를 꺼내 든다. 일주일의 중반인데 벌써 대파 절반이 사라졌다니, 믿을 수 없다. 아직 먹고 싶은 요리들이 많이 남아 있는데 모자랄까 걱정된다.

대파는 떡과 비슷한 길이로 썰고, 대파잎의 끝부분은 고명으로 올리기 위해 송송 썰어둔다. 대파는 달궈진 팬에 기름을 살짝 두르고 굽는다. 수분이 나와 지글지글 그을리면 뒤집어서 굽고 풍미를 끌어올리기 위해 소금과 후추도 뿌린다.

대파가 갈색으로 맛있게 구워졌을 때쯤, 고추장 1.5큰술, 고춧가루 1큰술을 넣고 대파를 볶는다. 떡볶이를 바로 물에 넣고 끓이는 것보다 이렇게 대파와 고추장을 기름에 볶아서 끓이면 훨씬 농밀하고 감칠맛 깊은 소스가 만들어진다. 단, 고추장은 금방 타버릴 수 있으니 불 조절과 물 붓는 타이밍에 집중해야 한다.

파와 함께 소스를 볶다가 팬에 눋기 시작하면 물 한 컵을 붓는다. 여기에 떡 한 줌, 올리고당 1큰술, 간장 0.5큰술을 넣고 보글보글 끓인다. 간이 모자라면 소금이나 조미료를 추가한다. 대파를 그을려 낸 국물이기 때문에 아주 약간의 조미료만 넣어도 감칠맛이 확 살아나는 신기한 경험을 할 수 있다. 마지막으로 썰어둔 대파의 초록잎을 풍성하게 넣

 무한 대파 요리와 함께한 풍요로운 일주일

고 여열로 뒤적거린 뒤, 접시에 담고 마무리로 통들깨를 톡톡 뿌린다.

매콤하고 부드러운 소스 속에 촘촘하게 농축된 대파의 풍미. 소스가 깊이 밴 쫄깃한 떡도 좋지만 달큼하게 익은 말랑한 대파도 별미다. 중간중간 톡톡 터지는 통들깨의 식감과 슬며시 퍼지는 고소한 향도 대파볶이의 색다른 재미다. 칼칼한 매운맛을 내뿜는 떡과 파를 번갈아 정신없이 먹다 보니 어느새 인중에 송골송골 땀이 맺힌다. 장담하건대, 대파볶이를 먹고 난 후에는 이제 대파가 빈약하게 들어 있는 떡볶이로 돌아갈 수 없을 것이다. 대파의 양과 떡볶이의 맛은 정비례하기 때문이다.

떡볶이뿐만 아니라 대파가 들어간 다른 요리들도 그렇다. 나는 한식에서 대파가 단순히 고명이나 국물 맛 내기용에 머무른다는 사실이 매번 아쉽다. 그렇게 적은 양으로는 대파의 제대로 된 맛을 경험하기도 어려울뿐더러 영원히 주변 재료로 머무는 운명을 벗어날 수 없기 때문이다. 대파는 푸짐할수록 대파의 진면목을 드러낸다.

화려한 만찬, 대파구이와 비네그레트소스

벌써 금요일이다. 일주일의 고단함을 마무리하고 본격적으로 휴식을 알리는 금요일 저녁. 혼자서 와인과 함께 기분 내고 싶을 때에는 '대파구이와 비네그레트소스'가 제격이다. 대파를 잘 굽기만 하면 이 또한 제대로 된 요리가 된다. 담음새도 멋스러워서 친구들이 놀러 왔을 때 대접해줄 요리로도 손색이 없다.

대파는 3cm 길이로 썰고 달궈진 팬에 올리브유를 두르고 줄기 부분부터 굽는다. 초록잎은 금방 익기 때문에 살짝만 구워도 충분하다. 역시나 소금은 필수. 간이 들어야 대파의 단맛과 풍미가 더 올라온다. 지글지글 소리를 내며 갈색으로 변한 대파를 조심스럽게 뒤집는다. 간혹 물컹하게 익은 대파의 속이 쏙 빠질 수도 있으니 살살 뒤집어준다. 대파가 익으면서 수분이 빠져나오고 팬에 그을리면서 동시에 달콤하게 익어가는 대파 향이 진동한다.

대파를 굽는 동안 비네그레트소스를 준비한다. 그냥 드레싱이라고 불러도 되지만 왠지 '비네그레트'라고 발음하면 왠지 더 섬세한 요리를 먹는 듯한 기분이 들어서 굳이 소리 내어 말해보기도 한다.

그릇에 올리브유 3큰술, 레몬즙 2큰술을 넣고 열심히 저어주다가 홀그레인 머스타드 1작은술, 설탕 1작은술, 소금 0.5작은술을 넣고 설탕이 녹을 때까지 젓는다. 잘 구워진 대파는 오발형 그릇에 가지런히 담고, 만들어둔 비네그레트소스를 위에 붓는다. 레몬 껍질까지 곱게 갈아서 흩뿌려 마무리한다. 레몬 제스트의 상큼한 향이 코에 들어오며 갑자기 군침이 돌기 시작한다.

대파구이를 제대로 즐기기 위해 빵과 화이트 와인까지 준비한다. 사워도우는 겉면만 바싹하게 팬에 굽고, 캐슈너트를 올리브유, 레몬즙, 소금과 함께 갈아 만든 캐슈크림도 꺼내 작은 접시에 덜었다. 와인잔을 꺼내고 냉장고에 적당히 칠링된 화이트 와인까지 꺼내면, 화려한 금요일의 만찬이 시작된다.

사워도우 위에 캐슈크림을 살짝 바르고, 구운 대파는 칼로 자른다. 비네그레트소스와 함께 대파를 떠서 빵 위에 올린다. 빵을 한입 바사삭 베어 물면 달큼한 대파구이와 새콤한 비네그레트소스가 완벽한 조화를 이룬다. 여기에 과실향, 풀잎을 짓이긴 듯한 소비뇽 블랑을 한 모금 곁들이니 일주일의 고단함이 싹 사라졌다. 모든 맛이 균형을 이루고 조화롭게 어우러지니 왠지 미식가가 된 기분이다. 대파 구이를 만드는 과정부터 먹는 순간까지 작은 동작들만으로도 이렇게 호사스러운 맛을 느낄 수 있다니, 채소는 매번 감탄스럽고 놀랍다.

대파와 함께한 일주일

이제 남은 대파 두 뿌리로는 뭘 해 먹어야 할까? 역시 먹는 중에도 내일 먹을 것을 고민할 때가 가장 즐겁다. 나는 곧장 대파김치를 떠올린다. 사실 대파를 집으로 데려올 때부터 이 무한 대파 요리의 마지막 장식은 대파김치로 정해져 있었다.

대파김치는 무엇보다 1인 가구에 최적화된 김치다. 보통 김치는 양파나 마늘을 갈아서 매운 향미를 더하는데, 대파는 그 자체로 맵고 향미가 있으니 복잡한 김치 양념을 만들 필요가 없다. 대파 흰 부분을 적당한 길이로 썰어 간장 3큰술에 버무린다. 잠시 기다리면 대파에서 빠져나온 수분에 고춧가루

 무한 대파 요리와 함께한 풍요로운 일주일

3.5큰술, 설탕 1.5큰술을 섞고 대파잎과 함께 버무려주면 끝. 통깨 솔솔 뿌려 김치통에 담아 냉장고에 넣어둔다. 바로 먹어도 맛있지만 하루 숙성해서 간이 제대로 배면 훨씬 더 맛있어진다. 대파김치를 제대로 먹기 위해 주말에는 감자를 넣은 칼국수를 끓여야겠다. 그다음 날에는 대파김치 볶음밥도 해 먹어야지. 대파김치를 잘게 가위로 잘라서 기름에 볶다가 밥이랑 볶으면, 딱 후식 볶음밥 맛이 난다.

대파 덕분에 평소보다 유독 부지런히 일주일을 보냈다. 그만큼 일주일의 식사도 풍요로웠다. 990원 대파는 단지 단순한 양념 재료가 아니라 무한한 가능성을 지닌 하나의 채소다. 만약 대파 한 단이 너무 많아서 고민하고 있다면 한번쯤은 대파와 함께 일주일을 보내보는 것도 괜찮겠다. 대파 파스타, 대파 콩나물국, 대파볶이, 대파구이, 대파김치…. 그 어느 하나라도 먹고 싶다면 주저 말고 한 단을 집어 들기를. 그것이야말로 일주일을 가장 풍요롭게 채우는 가장 확실한 파테크일 테니 말이다.

Part 2.

아는 만큼 맛있는
채소의 매력

몸을 깨우는
봄나물의 기세

초록 냉이, 하얀 두부, 주황 당근을
심플하게 말아 올린 냉이 김밥.
기름에 볶은 냉이를 와사비 소스에
찍어 먹는, 또렷한 봄날의 맛.

냉이 김밥

스물넷, 대학을 갓 졸업하고 첫 회사에 다닐 때였
다. 모든 것이 낯설고, 맞닥뜨리는 일마다 나의 미
숙함을 마주하고 있었다. 변덕스러운 봄은 영원히
완성되지 않을 것만 같은 나와 닮아 있었다.

어느 봄날의 토요일 주말 아침. 눈을 뜨자마자
유독 나물 생각이 간절했다. 일주일 내내 건조한 두
루치기와 보쌈 정식 같은 메뉴들로 점심을 채우는
동안에도 나는 흙향을 머금은 촉촉한 나물들을 떠

올리고 있었기 때문이다.

일어나자마자 가방을 메고 버스를 타고 시장으로 향했다. 어렸을 때부터 살던 동네지만 혼자서 시장에 가는 것은 처음이었다. 시장 바닥 곳곳에 놓인 바구니들. 그 속에는 깨끗하게 세척된 나물이 아닌 흙이 묻은 날것의 풀들이 있었다. 산더미처럼 쌓인 냉이와 쑥, 원추리, 방풍나물, 유채나물, 취나물들을 보는 순간 그간 꽉 막혔던 숨통이 뚫리는 듯한 기분이 들었다. 나물 요리를 처음 시도해보는 날이라 가장 익숙한 냉이와 달래를 사서 집으로 돌아왔다.

봄날에 봄나물을 챙겨 먹는 일

허기를 참으며 냉이를 손질하기 시작했다. 뿌리에 맞닿은 칼날에 흙향 가득한 냉이의 향기가 뿜어져 나온다. 봄이 오면 싹이 돋아나는 것을 막을 수 없듯이, 냉이의 강한 향기도 막을 방도가 없다. 코끝을 따라 타고 흐르는 강한 향기, 손끝으로 느껴지는 거친 뿌리의 질감. 비로소 봄이 왔음을 이제서야 온 감각으로 맞이한다. 냉이 손질이 서툴러도 상관없다. 어차피 내가 먹을 것이니 누구도 평가하거나 판단하지 않는다. 이 순간만큼은 나는 그저 봄을 충실하게 살아내는 인간일 뿐이다.

살짝 데친 냉이는 물기를 짜낸 뒤 적당히 썰어 소금과 간장, 참기름에 조물조물 무친다. 촉촉하고 윤기 있는 냉이 나물을 한입 먹는 순간 그간의 노력이 배신하지 않았음을 깨닫는다. 냉이 손질은 목과 어깨가 뻐근할 정도로 고된 과정이었지만, 고생한 만큼 처음 무친 냉이 나물은 환상적이었다. 달래는 송송 잘게 썰어 간장과 참기름에 섞어 양념장을 만들고 엄마가 끓여둔 맑은 애호박 된장국과 함께 첫 봄나물 한 상을 먹었다.

그 이후로도 매년 봄나물을 챙겨 먹으며 열댓 번의 봄을 보냈다. 이제는 '봄' 하면 가장 먼저 떠오르는 것은 차례로 먹어야 하는 봄나물들이다. 나에게는 유행하는 음식들을 챙겨 먹는 것보다 봄에 놓치지 않고 먹어야 할 나물들이 조금 더 중요했다. 살림 고수들로 가득한 시장에서도 한 소쿠리씩 새로운 봄나물을 담아 꼭 챙겨 먹었다. 마치 그 안에 중요한 효능이라도 숨어 있는 것처럼. 놓치면 새로운 계절을 제대로 살지 못할 것만 같아 불안하기도 했

 몸을 깨우는 봄나물의 기세

었다. 다른 제철 채소는 가끔 못 먹고 지나는 해가 있기도 했지만, 유독 봄나물은 각별했다. 내가 왜 이렇게까지 봄나물 앞에서 유별난지 궁금하기도 했다.

거슬러 올라가 보면 봄나물에 대한 각인은 아주 오래전 일이다. 초등학교 때 한문 선생님은 항상 새로운 절기가 시작될 때마다 절기에 관한 이야기를 해주셨다. 특히 봄이 시작되는 입춘과 우수 사이에는 꼭 봄나물을 먹어야 한다고 하셨다. 겨우내 움츠려 있던 몸이 따뜻하게 녹을 때 더 많은 영양이 필요하므로 비타민이 풍부한 봄나물이 꼭 필요하다고. 우리의 몸은 그렇게 자연과 조화를 이루고 살아가고 있다고 하셨다.

언뜻 신비로운 이야기처럼 들리지만 설득력이 있는 말이다. 얼어 있던 땅속에서 긴 겨울을 견디다 가장 먼저 돋아나는 작은 풀에는 질기고 강한 에너지, 기세 같은 것이 농축되어 있지 않을까. 생각해 보면 봄이라는 계절은 불안정하고, 생경하고, 낯섦으로 가득하다. 유독 마음이 흔들리는 계절에 봄나물은 진정제가 되곤 했다. 회사를 처음 다녔던 그해

봄에 갑자기 봄나물을 먹고 싶었던 것도 어쩌면 나에게 봄나물의 기세가 필요했기 때문일지도 모르겠다.

땅 속 깊이 뿌리내린 봄의 전사들

냉이의 씨앗은 여름에 떨어지고 가을에 발아한다. 싹이 돋아난 후 잎은 바닥에 납작하게 붙어서 겨울을 보낸다. 그때부터 냉이는 한 계절을 버티는 것이다. 차가운 눈으로 뒤덮이고 거센 바람과 혹독한 환경 속에서도 냉이는 흙 속에 깊숙이 뿌리내리고 땅에 딱 붙어서 살아남는다.

이듬해 언 땅이 조금씩 녹기 시작하고 해가 길어지기 시작하면 냉이는 빠른 속도로 자라기 시작한다. 풀보다 키가 큰 나무들이 무성하게 자라서 하늘을 가리기 전에 빠르게 잎의 크기를 키우고 꽃을 피워 씨앗을 만들기 위해서다. 그래서 냉이는 봄의 변화를 가장 예민하게 감지한다.

매년 봄마다 농장에서 냉이를 캐면서 발견한 점인데, 같은 땅일지라도 지역과 지형에 따라서 성장 속도가 다르기도 하다. 2월 말에 가면 농장의 언덕

    몸을 깨우는 봄나물의 기세

윗부분은 일조량도 풍부하고 햇볕이 따뜻해서 냉이잎이 풍성하고 심지어 꽃을 피우기도 한다. 이곳의 냉이는 향은 비교적 약하지만 질감은 부드럽다. 반대로 언덕 아래쪽은 일조량이 상대적으로 적고 찬 바람이 아래로 흐르기 때문에 냉이 크기가 작고 땅에 납작하게 붙어 있으며 잎도 뾰족하다. 대신 뿌리가 땅속으로 20cm는 족히 박혀 있을 만큼 깊다. 그래서인지 냉이 향이 매우 강하다.

뿌리를 깊이 내리고 사방에 도사리고 있을 냉이들을 떠올리자니 냉이의 규모에 놀라지 않을 수 없다. 사실상 이 땅의 주인은 냉이가 아닐까?

냉이는 개척종에 속한다. 발아력이 좋고 생육 속도도 빠르며, 척박한 땅이나 길가에서도 쉽게 뿌리내린다. 땅이 침식되는 것을 막고, 유기물을 분해해 토양을 부드럽게 해서 다른 식물이 자랄 수 있는 환경을 마련하는 것이다.

냉이뿐만 아니라 민들레, 개망초, 별꽃(곰방부리)도 그렇다. 흙과 풀에는 반가운 존재들이다. 한번 자리를 잡으면 절대 내보낼 수 없어서 농작물을 기르는 입장에서는 곤란하겠지만 말이다. 어쩌면 인류가 사라진 도시에는 이들이 땅을 뒤덮어버릴지도 모르겠다. 콘크리트와 아스팔트와 두꺼운 보도블록을 조금씩, 조용히 해체하는 개척종들. 그들은 봄의 전사들이나 마찬가지다.

냉이는 영양 성분도 풍부하다. 특히 채소류 중에서도 필수 아미노산이 풍부하고 단백질 함량도 높은 편이다. 비타민 K, 비타민 C, 베타카로틴, 엽산과 같은 미량영양소도 풍부하게 섭취할 수 있다. 쑥은 철분과 비타민이, 산마늘은 비타민 C가, 두릅은 무기질이 풍부하다. 봄나물의 영양 성분을 뜯어보면 봄에 부지런히 챙겨 먹어야 하는 이유가 이해된다. 괜히 봄나물이 보양식이라고 말하는 것이 아니다. 개인적으로 '기운'이라는 것을 그다지 신뢰하는 사람은 아니지만, 유독 봄나물 앞에서는 무장 해제된다.

사실 도시에서 살아가는 1인 가구에게 봄나물은 쉽지 않은 영역이다. 도시의 음식점에서는 나물을 전문으로 하는 곳을 찾기 쉽지 않을뿐더러 반찬으로 봄나물을 마주하는 행운에 기대기에는 봄은 너무나 짧다. 결국 스스로 해 먹을 수밖에 없다. 나물

 몸을 깨우는 봄나물의 기세

을 구하는 일도 쉽지 않아서 하나의 장소에만 기대
서는 여러 가지 봄나물을 챙겨 먹기가 쉽지 않다.

그래서 나는 타깃팅을 하듯이 여러 채널을 살펴
본다. 집 근처 마트뿐만 아니라 한살림, 어글리어스
채소 배송 서비스, 조금 먼 거리에 있는 시장까지
나선다. 특히 쑥, 두릅, 냉이 같은 나물은 농약과 제
초제를 쓰지 않는 땅에서 자란 것이 훨씬 향이 좋
고 맛도 좋다. 그래서 유기농 작물을 취급하는 한살
림이나 어글리어스도 자주 이용하는 편이다.

봄나물을 구했다면 이제 맛있게 즐기는 법만 남
았다. 평소에 내가 봄나물을 손질하는 방법과 자주
해 먹는 봄나물 요리법들을 소개해볼까 한다.

냉이, 데쳐도 맛있고 볶아도 맛있는

냉이 특유의 향은 뿌리에서 나온다. 세척된 냉이
가 요리하기엔 편하지만 흙이 그대로 묻어 있는 냉
이가 훨씬 더 짙은 향을 담고 있다. 약간 시들해졌
다 하더라도 물에 30분 정도 담가두면 잎도 쌩쌩해
지고 잎 사이사이에 껴 있던 흙들도 떨어져 나가서
손질하기가 한결 편해진다.

뿌리에서 잎이 시작되는 부위에 흙이 가장 많으니 칼로 살살 긁어주고 흐르는 물로 한두 번 씻어준다. 오래 데치지 않고 뿌리가 부드러워질 만큼만 살짝 데친다. 향을 온전히 즐기고 싶다면 양념은 최대한 간단하게 소금, 참기름만 넣고 무쳐 먹는 게 가장 맛있다. 데친 냉이는 물기를 가볍게 짜낸 뒤 냉동실에 넣어두면 된장국이나 찌개, 강된장 끓일 때 활용한다. 또 냉이를 기름에 볶으면 해산물을 볶은 것 같은 풍미와 감칠맛이 강해진다. 냉이를 들기름, 간장, 소금에 볶아 오일 파스타를 해 먹거나 냉이 김밥을 싸 먹으면 정말 맛있다.

쑥, 디저트로 먹어보셨나요?

쑥은 향이 정말 좋다. 회색이 도는 에메랄드빛 잎에 흰색 털이 나 있고, 그 사이사이에 고운 흙들이 껴 있다. 이럴 때는 쑥을 물에 20분 정도 담가두면 쉽게 떨어져 나간다. 이 상태에서 흐르는 물에 2~3번 정도 잎 사이를 씻어주면 말끔하게 손질할 수 있다.

쑥의 향을 가장 만끽하기 좋은 요리는 쑥국이다.

몸을 깨우는 봄나물의 기세

무를 썰어 넣고 된장 반 스푼을 풀어 푹 끓인다. 쑥의 향을 방해할 수 있는 마늘이나 파는 넣지 않고 국간장 반 스푼을 넣어 풍미를 낸 다음, 마지막에 쑥을 한 움큼 넣어 1분 정도만 잠깐 끓인 뒤 불을 끈다.

쑥으로 디저트를 만들어도 좋다. 찹쌀가루에 소금 약간과 데친 쑥을 다져서 넣은 다음 기름을 둘러 납작하게 앞뒤로 지져낸다. 겉은 바삭하고 속은 촉촉해서 마치 쑥떡을 기름에 구워 먹는 듯한 맛의 향긋한 쑥 디저트를 먹을 수 있다.

두릅, 봄나물의 권위자

두릅은 생긴 것부터가 범상치 않다. 제법 굵은 가시가 돋아 있기 때문에 장갑을 끼고 손질하는 게 안전하다. 칼로 가시 반대 방향으로 훑어서 굵은 가시들을 긁어낸 뒤, 아래쪽에 달린 겉잎을 떼어내고 찜기에서 부드럽게 익힌다. 고추장에 식초, 설탕을 살짝 섞어서 새콤달콤하게 소스를 만들어 촉촉하게 데쳐진 두릅을 찍어 먹는다. 초장이 식상하다면 들기름 간장을 추천한다. 간장에 들기름과 매실청 약간, 다진 쪽파를 넣고 섞은 뒤 두릅을 찍어 먹는다. 혹은 두릅을 잘게 썰어서 밥 위에 올리고 들기름 간장을 비벼 먹으면 정말 맛있다. 튀김가루 반죽에 묻혀 바삭하게 튀긴 두릅튀김도 별미다.

입안 가득 번지는 봄, 취나물 파스타

개인적으로 봄나물 중에서 파스타로 만들었을 때 가장 맛있는 것은 취나물이라고 생각한다. 나는 이 레시피를 아주 오래전 친구의 옥탑방에서 배웠다. 마늘을 손으로 한 움큼 쥘 정도로 많이 준비하고 가로로 도톰하게 썬다. 약한 불에 들기름과 올리브유를 반씩 섞어서 마늘을 익힌 뒤 면수와 스파게티, 손으로 뜯은 취나물을 넣고 볶다가 가장자리로 간장 1큰술을 둘러 섞는다. 간이 모자라면 소금이나 면수를 추가한다.

부드럽게 익은 취나물과 야생의 향이 어우러진 취나물 파스타는 봄에 놓쳐서는 안 될 요리 중 하나다. 취나물은 사시사철 구할 수 있지만 그래도 제철 취나물의 향을 이길 수는 없다. 봄 취나물의 향을 꼭 만끽해보시길.

    몸을 깨우는 봄나물의 기세

세발나물, 갯벌의 산삼

세발나물은 봄으로 넘어오기 전부터 일찍 먹을 수 있는 나물이다. 해안가나 갯벌과 같이 염분 농도가 높은 토양에서 자라는 염생식물이라 짭짤한 맛이 난다. 바닷속의 다양한 무기질을 품고 있어서 갯벌의 산삼이라고도 부른다. 고춧가루, 참기름을 넣고 생으로 무쳐 먹거나, 끓는 물에 살짝 데친 다음 된장에 무쳐 먹는다. 개인적으로는 생으로 유자 간장과 참기름을 둘러 샐러드처럼 먹는 걸 좋아한다. 김밥 재료로 넣어도 맛있다.

머위, 익힐수록 은은한 단맛

머위는 생으로 먹으면 첫맛은 씁쓸하지만 익힐수록 은은한 단맛이 배어 나온다. 향긋한 쌈밥도 맛있고, 볶음이나 조림으로 먹으면 더 맛있게 먹을 수 있다. 머위의 매력에 눈을 뜨게 된 건 영화 〈리틀 포레스트〉 덕분이었다. 잘게 썬 머윗잎을 들기름에 볶다가 된장과 간장을 약간 넣고 자작하게 볶은 다음 밥에 조금씩 얹어 먹는다. 씁쓸한 머위와 짭짤한 된장 맛이 중독적이라 완전 밥도둑 메뉴다.

봄나물로 깨어나는 봄의 감각

옛말에 봄나물을 알아보기만 해도 굶어 죽지 않는다는 말이 있을 정도로 한국의 들과 산에는 식용할 수 있는 풀들이 널려 있다. 도심의 길을 걷다 보면 지천으로 널려 있는 민들레, 곰방부리(별꽃), 개망초도 모두 먹을 수 있는 봄나물들이다. 그러나 도시에서 자란 풀들은 여러 공해 때문에 먹을 수도 없거니와 그렇다고 해서 식당에서 봄나물을 먹을 방법 또한 마땅치 않다. 멀리 이동해야 먹을 수 있는 산채정식이나 값비싼 한정식집이 아니라면 봄나물은 어디서도 먹기 힘든 메뉴가 되었다. 아이러니하게도 나물 요리는 한국 고유의 요리로 세계에서는 점점 명성이 높아지고 있는데 막상 한국의 일상 식탁에서는 사라지고 있는 실정이 씁쓸하다.

나물에 들어가는 수고로움에 제대로 된 가치 평가가 이루어지지 않았기 때문에 나물 요리와 문화가 사라져가고 있다는 생각이 든다. 아주 오랫동안 어머니들은 대가 없이 나물을 손질해왔다. 급격한 경제 발전 속에서 자식이 나물을 손질해 먹기보다는, 그 시간에 더 중요한 일에 집중해 성공한 삶을 살아가길 바랐다. 직접 봄나물을 손질해 먹다 보면 반찬 가게에서 3팩을 만 원에 판매하는 나물이 얼마나 저렴한지 새삼 느끼게 된다. 나물을 손질하는 수고로움을 직접 겪어보지 않았으니, 누구도 선뜻 제값을 치르려 하지 않는다.

어쩌면 봄나물을 포함한 나물 요리는 머지않은 미래에 사라질지도 모르겠다. 그렇기에 나물 요리 하나쯤 익혀두면 좋지 않을까? 스스로 나물을 무쳐 먹는 삶만큼 주체적인 삶도 없을 것이다. 무엇보다 봄나물을 직접 손질하는 수고로움은 봄을 제대로 만끽하는 의식이기도 하니까. 흙향 가득한 풀들이 손끝에 닿는 순간 비로소 봄의 감각이 깨어난다.

감칠맛이 깨어나는 순간, 토마토

잘 익힌 토마토를 듬뿍 넣어 끓인
새콤달콤 감칠맛 폭발 토마토 라볶이.
일본에 나폴리탄이 있다면
한국에는 토마토 라볶이가 있다!

토마토 라볶이

가까워지지 않던 날것의 토마토

어렸을 때부터 가리는 것 없이 뭐든 잘 먹는 사람이었지만, 유일하게 달갑지 않은 채소가 있었다. 바로 토마토다. 나는 생으로 먹는 토마토가 늘 이상하게 여겨졌다. 부스러지듯 설컹거리는 식감, 토마토 과육 사이로 새어 내오는 금속같이 날카로운 신맛. 어딜 보아도 딱히 매력적인 요소가 없었다. 심지어 어떤 토마토는 입안에 화상을 입은 것처럼 따

감칠맛이 깨어나는 순간, 토마토

갑기도 했다. 설탕을 뿌리면 그나마 먹기 쉬워졌지만, 채소를 달게 먹느니 차라리 과일을 먹는 편이 낫다고 생각했다. 특히 생으로 갈아낸 토마토 주스는 한층 더 심각했다. 마치 토마토에서 맛없는 요소만 뽑아다가 한 컵에 담은 것 같았다. 시럽을 넣어도 날것의 토마토를 감추지는 못한다. 매번 샐러드에 곁들여져 나온 토마토들을 눈 꼭 감고 한 번에 해치우고는 했다.

그러나 이상하게도 토마토소스는 좋았다. 토마토 스파게티, 토마토 수프, 토마토소스가 듬뿍 얹어진 피자, 감자튀김에 찍어 먹는 토마토케첩, 심지어 유리병에 담긴 토마토 주스까지. 토마토를 가공한 모든 것들은 맛있었다. 토마토케첩에 물을 넣고 섞으면 토마토 주스가 된다는 사실을 알게 된 이후로 어쩌면 토마토 가공의 종착역은 토마토케첩이 아닐까 생각했다. 요리할 때도 뭔가 맛이 부족하다 싶을 때 토마토케첩 한 스푼을 추가하면 기가 막히게 맛있어졌다.

아무리 토마토 요리들이 맛있어도 날것의 토마토에서는 여전히 매력을 발견할 수가 없었다. 그나마 단맛이 있는 방울토마토는 생으로 먹기도 했지만 비교적 최근까지도 날것의 토마토는 즐겨 먹는 채소 목록에서 한참 벗어나 있었다.

익힌 토마토의 새로운 발견

토마토에 관한 생각을 바꾼 계기는 친구가 끓여준 토마토 김치 스튜를 먹고 나서였다. 고추장과 김치에 감자, 당근, 양파를 넣고 뭉근히 끓였는데, 언뜻 김치찌개와 비슷한 생김새로 보였지만 맛은 평소 먹던 토마토 스튜보다 좀 더 특별한 맛이 났다. 푹 익은 토마토의 은은한 단맛이 김치의 신맛을 눌러주고 토마토의 뭉근한 감칠맛이 김치 사이에서 조용히 존재감을 빛내고 있었다. 캔에 들어 있는 토마토소스나 페이스트가 아닌, 생과의 토마토를 활용해서 먹은 요리 중에 가장 맛있었다.

어쩌면 토마토 자체가 맛이 없기보다는 토마토를 제대로 활용하지 못했던 게 아닐까? 푹 익힌 토마토는 다른 재료들로부터 느껴지는 다층적인 맛들을 구조적으로 탄탄하게 만들어주는 역할을 하고 있었다. 게다가 토마토와 김치가 꽤 잘 어울린다

  감칠맛이 깨어나는 순간, 토마토

는 사실도 놀라운 발견이다. 어쩌면 토마토라는 재료 자체가 아직 한국 요리에 제대로 정착하지 못했는지도 모르겠다.

나는 그때부터 토마토를 가지고 여러 가지 요리를 시도해보았고, 특히 한국에서 자주 먹는 한국식 요리에 활용해보는 일에 진지하게 빠져들었다.

토마토 김치 스튜에서 시작된 토마토 연구

토마토 김치 스튜를 맛본 뒤로 나는 이 요리를 조금 더 김치찌개에 가까운 맛으로 변형해보고 싶었다. 들어가는 재료들을 일반적으로 김치찌개에 들어가는 재료로 한정하고 토마토와 올리브유만 추가했다.

먼저 냄비에 올리브유를 두르고 양파와 토마토를 볶는다. 양파가 불투명하게 익고 토마토에서 수분이 나오기 시작할 때쯤 썰어둔 김치를 넣고 볶는다. 김치 양념은 살짝 걷어내는 편이 좋다. 김치의 양념이 강해서 모든 맛을 압도하기 때문이다. 물을 자작하게 붓고 끓이다가 소금과 조미료를 조금 넣고 끓인다. 마지막에 설탕을 약간 추가하면 한결 다

들어진 맛이 난다. 김치찌개인 것 같으면서도 언뜻 스튜 같기도 한, 김치찌개와 스튜 사이 어딘가에 서 있는 무국적 요리가 완성된다. 양파와 토마토의 부드러운 단맛과 김치의 새콤함이 어우러진 한결 부드러운 김치찌개라고나 할까. 먹기 전에 올리브유를 살짝 둘러주면 김치찌개에 없는 향긋함이 살아난다. 밥에도 어울리고 기분에 따라 바게트를 푹 찍어 먹어도 잘 어울린다.

끓이는 요리에 토마토가 잘 어울리는 이유는 토마토의 감칠맛 성분 때문이다. 실제로 토마토에는 감칠맛 성분인 글루탐산이 많다. 토마토 한 개에는 손바닥만 한 다시마 한 장과 유사한 글루탐산이 들어 있다. 글루탐산은 가열할수록 세포벽이 무너지면서 감칠맛이 진해지기 때문에, 토마토도 오래 조리하면 맛이 깊어진다. 특히나 토마토에는 다시마에는 없는 유기산이 있어서 다시마에서는 맛볼 수 없었던 상큼한 인상을 준다.

토마토를 천연 조미료 계열로 생각하기 시작하니 훨씬 많은 가능성이 열렸다. 게다가 붉은 양념이 주를 이루는 한식에도 이질감 없이 잘 어울릴 것

        감칠맛이 깨어나는 순간, 토마토

같다고 생각했다.

토마토 김치 스튜 다음으로 시도해본 요리는 바로 토마토 볶음 고추장이다. 토마토와 고추장이라니! 익힌 토마토의 풍부한 감칠맛을 떠올려보면 기름에 볶은 토마토 고추장은 당연히 맛있을 수밖에 없지 않을까. 토마토는 잘게 다지고 고추장과 함께 올리브유에 볶는다. 토마토와 함께 볶다 보면 토마토에서 수분이 빠져나와 고추장의 무거운 질감과 높은 염도는 한결 부드러워지고, 적절한 단맛과 산미가 입맛을 돋운다. 토마토 볶음 고추장은 비빔밥에도 잘 어울리고, 쌈이나 파스타 소스로 활용해도 맛있다. 게다가 토마토를 기름에 볶았기 때문에 리코펜 흡수율도 훨씬 높아진다. 영양 면에서는 덤이다. 몇 가지 실험을 통해 토마토는 확실히 끓이거나 볶는 과정을 거치면 요리의 층위를 다양하게 만들어준다는 사실을 알 수 있었다.

판차넬라, 생토마토의 재발견

토마토에 대해 생각이 바뀐 후로 조금 더 다양한 토마토 요리를 시도해보고 싶어졌다. 특히 토마토를 날것으로 먹는 샐러드 요리에도 도전해보았다. 그중에서 가장 맛있게 먹은 요리는 바로 이탈리아 남부 지역의 대표적인 샐러드인 '판차넬라'이다.

이탈리아에 가본 적은 없지만, 토마토 샐러드 요리를 찾다가 이탈리아 셰프이자 유튜버인 '김밀란'님의 유튜브 채널에서 이 레시피를 알게 됐다. 판차넬라를 맛보며 나는 생으로 먹는 토마토가 얼마만큼 맛있어질 수 있는지를 깨달았다. 이탈리아 토마토로 만들어야 더 맛있다고는 하지만 한국 토마토로 만들어도 충분히 맛있었다. 그동안 먹어온 토마토 요리들(특히 샐러드)과 비교가 되지 않을 만큼 맛있었고, 토마토 품종보다 조리법이 더 중요하다는 사실도 알게 되었다. 여러 번 해 먹으면서 나만의 방식으로 정착된 판차넬라 레시피는 이렇다.

토마토를 숭덩숭덩 썰어서 소금을 뿌려 잠시 절인다. 오이와 양파도 적당한 크기로 썰어 각각 소금에 절인다. 이 과정이 귀찮더라도 채소들을 각각 절여야 훨씬 더 섬세한 맛이 난다. 냉장고에 10분 정도 넣어두면 훨씬 간도 잘 배고 시원해져서 여름에 먹기 좋다. 채소에서 빠져나온 수분을 모아 소스를

    감칠맛이 깨어나는 순간, 토마토

만드는데 올리브유, 레몬즙과 발사믹 식초, 바질잎, 소금 조금을 더해 섞는다. 소스에 살짝 절인 채소들을 넣고, 먹기 좋게 썰어 바싹 구운 빵도 함께 버무린다. 이 상태로 냉장고에 잠시 넣어두면 빵에도 소스가 배어 더욱 맛있어진다. 싱그러운 토마토와 아삭한 오이와 양파의 식감, 촉촉한 빵을 함께 먹다 보면, 마치 한여름의 강렬한 햇살이 한 접시에 담긴 것만 같다.

토마토를 소금에 살짝 절였을 뿐인데 어쩜 이렇게나 맛이 풍부해지는 걸까? 그동안 토마토의 매력을 제대로 발견하지도 못한 것은 나였는데, 맛없다며 눈감고 한입에 해치우곤 했던 토마토들에게 괜히 미안해졌다.

토마토에는 소금을 넣어보자

그렇다. 토마토에 필요한 것은 설탕이 아니라 소금이었다. 단지 소금을 썼을 뿐인데 토마토가 이렇게나 매력적으로 변하다니. 어쩌면 지금까지 먹었던 샐러드 속의 토마토가 맛이 없던 이유는 간이 되지 않아서였을지도 모른다. 생각해보면 케첩이

나 토마토소스에도 모두 소금으로 간이 되어 있었다. '토마토에는 소금'이라는 공식을 알게 된 후로 나는 새로운 언어를 알게 된 사람처럼 들뜨기 시작했다. 생토마토가 들어가는 모든 요리들을 모조리 다시 시도해보았다. 타코를 먹을 때 꼭 필요한 토마토 살사도 토마토를 소금에 따로 절이니 훨씬 완성도가 높아졌다. 소금과 약간의 라임즙만 넣어도 토마토의 다채로운 맛이 조화롭게 다른 재료들을 연결해준다. 한때는 토마토 살사에 쿠민 가루와 셀러리잎을 잘게 다져 넣어 중동식 샐러드를 해 먹는 것에 빠져 있기도 했다. 정말이지 토마토가 들어가는 모든 요리가 좋아졌다. 이제는 토마토가 없는 샐러드를 상상하기 어려울 만큼 토마토를 좋아하게 되었다.

'토마토는 볶거나 끓여서' 그리고 '토마토에는 소금'이라는 깨달음을 얻으니 어째서 그렇게나 많은 나라에서 토마토가 사랑받는지도 비로소 이해할 수 있게 되었다. 토마토는 독초인 맨드레이크와 비슷하게 생겨서 꽤 오랫동안 동안 독초로 오인당하였지만, 17세기에 이탈리아인들에 의해 급격히 번

  감칠맛이 깨어나는 순간, 토마토

져나갔고, 현재는 토마토로 만든 요리가 7만 개가 넘는다고 한다. 게다가 토마토의 영양학적 우수성 때문에 전 세계적으로 연간 2억 650만 톤이 소비되며 가장 많이 소비되는 채소로 손꼽힌다. 맛과 영양 모두가 풍부해서 나라마다 토마토를 맛있게 먹는 대표적인 요리법들이 있다. 유럽은 말할 것도 없고, 중동에도 샥슈카 같은 토마토 요리가 있으며 중국과 일본에서도 토마토를 많이 활용한다. 그런데 왜 한국에는 토마토로 만든 대표적인 요리가 떠오르지 않는지 의아하다.

한국에서 토마토를 보편적으로 소비되기 시작한 것은 1950년대부터다. 서구 문화가 들어오는 시기에 함께 소개된 채소라 그런지 한국에서 자주 접하는 토마토 요리들은 대체로 서양식 요리이거나 샐러드, 토마토주스이다. 실제로도 한국에서 재배되는 토마토의 65%가 생으로 소비된다고 한다. 그러나 계속해서 이야기했듯 토마토를 그냥 먹거나, 갈아서 먹는 것만큼 토마토의 매력을 반감시키는 방법도 없다. 물론 유럽에서 재배되는 토마토와 품종도, 기후도 달라 토마토 맛 자체의 차이도 있겠지마는, 어쩌면 한국인들이 즐겨 먹는 요리에 활용할 만큼 적절한 토마토의 요리법이 발견되지 않은 이유도 분명 있지 않을까.

한국식 토마토 요리, 토마토 라볶이

나는 여전히 토마토를 어떻게 하면 집밥 한식 요리에 어울릴 수 있을지 연구하고 있다. 토마토케첩 대신 올리브유에 토마토를 볶아 토마토 볶음밥을 해 먹기도 하고, 김과 토마토를 함께 간장에 절여서 토마토 초밥을 해 먹거나 메밀면을 곁들여 먹기도 했다. 그러다 번득 떠오른 것이 바로 토마토 라볶이였다. 토마토 볶음 고추장이 맛있었으니 떡볶이나 라볶이에도 잘 어울리지 않을까?

특히 고추장과 토마토를 푹 끓인 소스에 라면 수프를 넣는다면 누가 만들어도 실패하지 않을 맛이고, 라볶이에 토마토를 더해 조금 더 건강한 느낌마저 들 테니 토마토를 활용한 집밥 한식 요리로 제격이란 생각이 들었다. 게다가 조리 과정이 어렵지 않아 누구나 시도해볼 수 있다는 점에서도 좋았다. 토마토 요리를 통틀어 내가 가장 자신 있게 추천하는 레시피이기도 하다.

토마토는 어차피 볶을 것이기 때문에 꼭지만 잘라내고 마구 썬다. 냄비에 올리브유를 두르고 토마토를 중불로 볶는다. 양파 반 개도 채 썰어 함께 볶는다. 여기에 양배추도 추가하면 훨씬 달큼하고 맛있다. 토마토가 익어서 수분이 빠져나올 때쯤 고추장 1큰술, 고춧가루 1.5큰술, 설탕 1작은술을 넣고 약불에서 1~2분 정도 볶는다.

토마토가 부드럽게 뭉그러지면서 양념들과 섞여서 소스처럼 되면 물 500ml를 넣고 끓인다. 이때 라면 수프도 1큰술 정도 넣고 끓인다. 라면 수프를 너무 많이 넣으면 라면 맛이 강해지기 때문에 적절히 넣어야 한다. 국물이 보글보글 끓으면 라면 사리와 떡 한 줌을 넣고 끓인다. 소스가 잘 배도록 면을 뒤적거린다. 2분 정도 끓이다가 면이 익으면 케첩 1큰술을 넣고 섞다가 불을 끈다. 접시에 담고 후추와 쪽파를 송송 썰어 올린다.

분명 라볶이인데 상위 호환된 요리를 먹는 느낌이다. 평소에 먹던 라볶이의 감칠맛을 제곱으로 끌어올린 느낌. 토마토 베이스도, 고추장소스도, 라면도 아닌 그 중간 어딘가에서 절묘하게 균형을 이룬다. 만약 한국을 대표하는 토마토 요리가 필요하다면 토마토 라볶이를 내세워도 좋겠다는 생각을 해보았다. 일본에 나폴리탄이 있다면 한국에는 토마토 라볶이가 있다!

토마토는 우리의 집밥을 훨씬 풍요롭게 만들어준다. 편견에서 벗어나 다양한 집밥 요리에 토마토를 활용해보면 어떨까. 한국을 대표할 토마토 요리의 자리는 아직 비어 있으니 말이다.

　　　　감칠맛이 깨어나는 순간, 토마토

씹을수록 퍼지는 바다의 향기,
해조류

통통하게 살 오른 톳을
마늘과 올리브유에 볶아
바다 향을 잔뜩 머금은 파스타.

톳 알리오 올리오

처음 혼자 살던 집은 오래된 빌라의 일곱 평짜리 원룸이었다. 현관문을 열면 비스듬한 사다리꼴 모양의 두 벽면이 한눈에 들어온다. 침대가 놓인 왼쪽 벽에는 침대 너비만 한 제법 큰 창이 있고, 정면 방향의 벽에는 에어컨 밑으로 작은 창문이 있었다.

주방은 발걸음을 옮기지 않아도 요리와 설거지를 한자리에서 해결할 수 있을 만큼 좁았지만 남향인 데다가 창문 두 개를 동시에 열어두면 제법 환기도 잘되어서 밥을 해 먹는 게 중요한 내게는 안성맞춤이었다. 옵션으로 있었던 냉장고는 너무 작아서 생수병 하나와 반찬통 몇 가지를 넣으면 꽉 찼다. 그래도 밥도 거의 매일 해 먹으며 도시락도 싸서 다녔다. 3분 거리에 활발한 재래시장이 있어서 신선한 재료를 자주 공수할 수 있었고, 무엇보다 말린 재료들을 비상식량으로 갖춰둔 덕분이다.

냉장고 옆 서랍장에는 온갖 말린 식재료들이 가득했다. 렌틸콩, 병아리콩, 미역, 다시마, 표고버섯, 쌀, 파스타, 각종 가루들 덕에 나는 작은 냉장고를 두고도 든든한 집밥을 해 먹을 수 있었다.

미역, 대체할 수 없는 식재료

말린 식재료 중에서도 미역은 필수 아이템이다. 쌀이 떨어지면 파스타를 먹으면 되지만, 미역이 필요한 날에는 무엇으로도 대체할 수가 없다. 특히 과음한 다음 날 미역은 빛을 발한다. 바스락거리는 봉지 안에 들어 있는 딱딱한 미역을 부숴 냄비에 넣고 물을 채운다. 눈 깜짝할 사이 냄비 가득 불어난 미역은 흐르는 물에 두어 번 씻은 뒤 가위로 뚝 뚝

    씹을수록 퍼지는 바다의 향기, 해조류

자르고, 간장과 참기름을 한 스푼씩 넣고 조물조물 버무린다. 좁은 주방에서 설거지 하나라도 줄이려면 이 모든 과정은 하나의 냄비 위에서만 이뤄져야 한다. 냄비가 달궈지면서 촤르르 소리를 내고, 이내 고소한 향기가 천천히 피어난다. 진한 갈색의 미역은 어느새 미끄덩한 초록빛으로 변해간다. 고소한 미역 냄새가 방 안을 가득 채우면 왠지 이 공간이 제법 집처럼 느껴졌다. 물을 자작하게 붓고 찬장에서 다시다를 꺼내 숟가락 끝에만 소복하게 담아 국에 넣고 끓인다.

15분 만에 완성된 미역국. 참기름에 볶은 탓에 국물은 적당히 탁해져 깊어 보이고, 미역의 맛있는 감칠맛은 국물 곳곳에 녹아 있다. 미역국은 간장을 적당히 넣고 소금으로 간을 맞춰야 한다. 미역국을 처음 끓였을 때 맛이 밋밋하다고 간장을 계속 넣었더니 간장 맛만 나는 어두운 미역국을 먹고 난 뒤에 알게 되었다.

김이 모락모락 나는 미역국을 한 대접 덜고, 방 바닥에 상을 편 다음 전자레인지로 데운 밥과 엄마가 싸준 김치를 접시에 덜어 재빠르게 상을 차린다.

들어간 것은 미역뿐이지만 그 짧은 순간에 미역의 감칠맛과 볶은 간장의 풍미가 뒤엉켜 놀랄 만큼 깊은 맛을 만들어냈다. (물론 다시다의 역할도 무시할 수는 없겠지만.) 숟가락으로 한입 가득 미역국을 떠먹고서는 줄줄이 들어오는 미역까지 입안 가득 먹다 보면, 넓은 바다의 푸근함이 전해져 오는 것만 같다. 미역국 한 그릇을 더 떠 와서 밥을 말아 김치까지 곁들여 먹다 보면 이미 해장은 끝난 지 오래다. 짧은 시간에 이렇게나 깊고 시원한 국물을 만드는 미역에 매번 감탄했다. 미역 부스러기 조각들은 샤부샤부나 미소국을 끓일 때 활용하면 국물이 훨씬 시원해진다.

반찬이 없을 때는 불린 미역에 오이와 초고추장을 넣고 함께 버무려 입맛 돋우는 반찬 하나가 뚝딱 만들어지기도 한다. 여름에는 미역냉국으로, 추운 날엔 미역국으로 번갈아 해 먹으며 꽤 많은 순간에 미역에 기대어 집밥을 차렸다. 미역만 있어도 제법 풍요로운 집밥을 차려 먹으며 살아갈 수 있을 것 같다.

씹을수록 퍼지는 바다의 향기, 해조류

다시마, 한 조각만으로 휘몰아치는 감칠맛

미역뿐만 아니라 다시마도 그렇다. 말린 다시마는 모든 국 요리와 볶음 요리의 수준을 한층 끌어올린다는 점에서 쟁여둘 이유는 충분하다. 심지어 라면에도 말린 다시마 한 장을 넣으면 훨씬 근사해지고, 콩나물국을 끓일 때도 다시마는 필수다. 국에 넣어 끓인 다시마는 국물에 천연 감칠맛을 내고 불어난 다시마는 채 썰어서 고명으로 먹으면 또 하나의 채소를 챙겨 먹을 수 있다는 점도 좋았다.

그 당시에 살던 집 근처에는 식당들이 많이 있었다. 대부분 집밥을 해 먹는 터라 외식을 많이 하지는 않았지만, 그래도 최애 집이 있었는데 바로 해조류를 산더미처럼 주는 해초 세꼬시 집이었다. 인심이 넉넉한 부부 사장님은 1인분의 세꼬시를 포장하면 항상 세꼬시보다 두 배나 되는 다양한 해조류를 듬뿍 담아주셨다. 구멍이 송송 뚫린 곰피, 면처럼 생긴 꼬시래기, 싱싱한 생톳, 두툼한 쌈 다시마, 붉은빛이 도는 이름 모를 해조류가 잔뜩 들어 있었다.

사실 회에는 별 관심이 없었다. 나는 평소에 접할 수 없었던 바다 채소들을 동시에 다섯 종류나 먹을 수 있다는 사실이 좋았다. 회는 친구에게 양보하고 해조류를 집중적으로 공략했다. 미끈한 다시마에 여러 가지 해조류를 조금씩 담고 생마늘을 초장 듬뿍 찍어 쌈을 싸서 한입 가득 먹는다. 바다 향기 가득한 풍미와 씹을수록 고소함, 짭짤함, 깊은 감칠맛이 휘몰아친다. 어디서도 맛볼 수 없는 화려한 바다 감칠맛 종합 세트가 만들어내는 최고의 메뉴였다.

어쩌다 우연히 그 가게를 발견한 뒤로 해조류가 먹고 싶을 때는 종종 들러서 포장해오곤 했다. 그러나 행복도 잠시, 해초 세꼬시 집을 알게 된 지 얼마 지나지 않아 코로나가 닥쳤고 그 집은 이내 문을 닫았다. 아마 그렇게 푸짐하게 해초를 주는 곳은 어디에도 없을 것이다. 바다 채소가 얼마나 근사한 식재료인지 알려준 고마운 가게였다. 문을 닫은 가게 앞을 몇 번이고 지나며 고마운 마음을 떠올렸다.

해조류들은 육지의 채소와는 다른 속성을 가지고 있다. 먼저 육지 식물처럼 뿌리, 잎, 줄기가 명확하게 구분되어 있지 않다. 바닷물을 온 기관으로 흠뻑 빨아들이기 때문에 무기질이 풍부하다. 또 육지

 씹을수록 퍼지는 바다의 향기, 해조류

채소에서 쉽게 찾아보기 어려운 감칠맛의 원천인 '글루탐산'도 많다.

해조류 중에서 감칠맛이 가장 풍부한 것은 다시마다. 1908년 최초로 감칠맛을 발견한 일본인 화학자 이케다 기쿠나에도 다시마 육수에서 다시마의 감칠맛 성분인 글루탐산을 발견했다. 이를 분리해서 대량 생산하면서 세계 최초의 감칠맛 조미료인 '아지노모토'를 만들어낸다. 이후 한국에서도 포도당 같은 당을 발효해 글루탐산을 얻는 방식이 쓰이면서, '미원' 같은 조미료가 등장했다. 조미료는 짧은 시간에 강력한 감칠맛을 낼 수 있어서 간편하고 효율적이지만, 다시마를 활용해도 충분히 자연스러운 감칠맛을 낼 수 있다.

바다 채소, 추운 겨울을 즐기는 별미

개인적으로 다시마는 생으로 먹었을 때 감칠맛이 더 풍부하게 느껴지는 것 같다. 염장된 다시마를 가볍게 헹궈 소금을 털어낸 뒤 물에 20분 정도 담가두면 염도가 적당해진다. 그때 살며시 남아 있는 염분 덕분에 다시마의 여러 가지 맛을 더 생생하게 느낄 수 있다. 한입에 먹기 좋은 크기로 다시마를 잘라서 반찬통에 차곡차곡 담아두고 일주일 동안 바다 미식을 마음껏 즐긴다.

다시마 쌈을 먹을 때 빼먹을 수 없는 초고추장도 만들어둔다. 고추장에 매실청, 식초, 설탕을 약간씩 섞고 마늘도 얇게 썰어 준비한다. 어째서인지 다시마 쌈에는 초고추장과 생마늘이 있어야 비로소 완성된다. 다시마에 밥을 조금 올리고 얇은 생마늘을 초고추장에 푹 찍어 싸 먹으면 알싸한 마늘 향 뒤로 새콤달콤한 초고추장 맛이 느껴지고 뒤이어 쌉싸래하게 퍼지는 뭉근한 감칠맛이 묵직하게 퍼져 나간다. 미끈미끈한 다시마가 초고추장의 매운맛과 날 선 마늘까지도 포근히 품어주는 것만 같다. 오이나 파프리카를 채 썰어 다시마로 말아서 도시락으로 싸가기도 한다.

쌈으로 충분히 즐기고 남은 다시마는 국을 끓인다. 콩나물국이나 감잣국같이 맑은 국에 잘 어울리고, 특히 뭇국에도 잘 어울린다. 쌈 다시마 1~2장만 썰어 넣으면 평소에 먹던 국과 차원이 다른 시원함을 맛볼 수 있다. 마치 굴을 넣은 것 같은 깊은 바다

141

감칠맛으로 가득하다.

다시마와 같이 갈조류인 미역은 주로 건조되어 유통되지만, 생으로 먹는 물미역과 쇠 미역(곰피)은 추운 겨울에만 먹을 수 있는 특식이다. 물미역은 불린 미역보다 질감이 통통하고 부드러우며 감칠맛이 풍부하다. 곰피라고 불리기도 하는 쇠 미역은 미역과 다르게 표면이 오돌오돌하고 구멍이 뚫려 있다. 생미역과 비슷하지만 식감이 좀 더 다채롭고 씹을 때 약간 씁쓸한 맛이 나서 별미다.

12월에서 2월은 정말이지 바다 채소를 맛볼 수 있는 최적의 계절이다. 육지 채소가 적은 겨울이지만 바다 채소로 추운 겨울의 색다른 별미를 즐기는 재미가 있다. 특히 재래시장에 가면 매생이나 파래도 구할 수 있다. 겨울이 아니면, 게다가 한국이 아니면 어디서도 먹을 수 없는 특별한 바다의 보물들이다.

해조류, 씹을수록 풍부한 맛

남다른 식감을 자랑하는 해조류들도 있다. 바로 꼬시래기, 미역 줄기, 톳이다. 꼬시래기는 바다에서 건져낸 국수나 다름없다. 오독오독한 꼬시래기는 생으로 먹어야 제맛이다. 염장된 꼬시래기는 소금을 털어내고 물에 담가둔다. 끓는 물에 살짝 데친 후 체에 밭쳐 물을 뺀다. 양념에 버무리는 순간부터 수분이 생기기 때문에 최대한 물기를 털어내야 한다. 길이가 긴 꼬시래기는 가위로 두세 번 자른 뒤 간장과 들기름을 한 큰술씩 둘러 비벼서 마른 김에 싸 먹는다. 꼬들꼬들한 식감이 짭짤한 간장과 고소한 들기름 향에 어우러지면서 씹을수록 풍부한 맛이 난다.

꼬시래기를 면으로 활용해서 물회에 소면 대신 넣어도 맛있다. 새송이버섯을 숙회로 만들고, 물회 양념과 함께 채소와 꼬시래기를 말아서 먹는다. 꼬들꼬들한 식감과 탱글탱글한 버섯 숙회가 화려한 식감을 선사하고, 바다 내음까지 느껴지니 그야말로 완벽한 물회다. 새콤한 물회 양념까지 더해져서 입맛을 제대로 돋운다.

육식을 전혀 하지 않는 나는 종종 해조류가 너무나도 먹고 싶을 때가 있다. 아마 내 몸이 먼저 알고 신호를 보내는 게 아닐까 싶다. 그럴 때 먹고 싶은

   씹을수록 퍼지는 바다의 향기, 해조류

해조류는 때마다 달라지는데, 어떤 날은 유독 미역 줄기가 너무나 먹고 싶어진다. 오늘 당장 먹지 않으면 안 되는 간절한 날이 있다. 미역 줄기는 기억 깊숙이 각인된 추억의 요리다. 중학교 때 먹었던 급식에서 미역 줄기는 단골 메뉴였다. 작은 반찬 칸에 담긴 미역 줄기가 왜 그렇게 맛있었을까?

같이 점심을 먹는 친구 중에서 미역 줄기를 좋아하지 않는 친구가 있으면 그날은 행운이었다. 항상 조금만 담겨 있던 미역 줄기를 양껏 먹을 수 있어서 좋았고, 반찬을 남김없이 먹는다는 점도 좋았다. 요즘도 가끔 단체 급식이 있는 곳에서 점심을 먹을 때 미역 줄기가 나오면 그렇게 반가울 수가 없다.

염분을 뺀 미역 줄기를 가위로 자르고 예열한 팬에 볶는다. 미역 줄기를 볶을 때는 꼭 식용유를 둘러야 촉촉하고 부드럽게 볶아진다. 미역보다 도톰한 미역 줄기는 형용할 수 없는 독특한 식감이 매력이다. 그때는 이게 왜 그렇게 맛있었는지 설명할 수 없었지만 이제는 미역 줄기 특유의 감칠맛과 짭조름함 때문이라는 걸 안다. 기름에 볶아 한결 부드러워진 식감까지 더해지니, 맛이 없을 수가 없는 조

삶은 미역줄기 100g의 주요 영양 성분(하루 권장 섭취량 대비 %)			
단백질	1.1g(2%)	비타민 A	5㎍(1%)
식이섬유	5.1g(26%)	비타민 K	33㎍(51%)
칼슘	86mg(12%)	엽산	2㎍(1%)
철	0.4mg(3%)	비타민 C	0mg(0%)
마그네슘	70mg(25%)		

출처: 식품의약품안전처

합이다.

미역 줄기를 먹은 다음 날은 '미역 줄기 잡채'도 해 먹는다. 당면과 미역 줄기는 둘 다 면처럼 길쭉해서 젓가락으로 후루룩 먹기에도 좋고, 짭조름한 미역 줄기 볶음이 잡채 양념과도 기가 막히게 잘 어울린다. 명절 느낌을 내고 싶을 때 간단하게 해 먹기 좋은 명절스러운 메뉴이기도 하다. 팬에 넣고 같이 볶기만 하면 되니 원팬 파스타 부럽지 않은 시간 대비 최고의 메뉴다.

바다가 건네는 위로

무엇보다 해조류의 가장 큰 장점은 건조했을 때 두드러진다. 부피도 많이 차지하지 않고 건조한 곳

　　　　　　　　씹을수록 퍼지는 바다의 향기, 해조류

에 두면 1년 내내 보관해도 언제든 꺼내 먹을 수 있다. 특히 채소를 가까이하기 어려운 겨울에는 말린 해조류를 활용하면 식이섬유가 부족하지 않게 겨울을 날 수 있다. 말린 미역이나 다시마뿐만 아니라 건조 톳도 비상 채소로 갖춰둔다.

톳은 밥에 넣어 먹어도 좋지만 나는 알리오 올리오에 넣어 먹는 것을 가장 좋아한다. 톳을 물에 불리면 짧은 가닥들이 통통하게 살이 오르며 몇 배로 불어난다. 꼬시래기가 엔젤헤어였다면 톳은 숏파스타다. 볶으면 바다 향이 배로 짙어지고, 마늘과 함께 올리브유에 푹 익히면 감칠맛까지 첨가되어 천연 MSG 같은 역할을 한다. 요리 마지막엔 생레몬을 쭉 짜서 즙을 내 향긋함을 더한다. 맛에 생기를 더할 뿐 아니라 레몬의 비타민 C가 톳에 들어 있는 철분의 흡수율을 높여주기 때문이다. 톳뿐 아니라 대부분의 해조류에 풍부한 철분은 비헴철이라 체내 흡수율이 낮은데, 이때 비타민 C가 풍부한 채소들을 함께 먹으면 보완해줄 수 있다.

해조류는 철분뿐만 아니라 뼈 건강에 도움이 되는 칼슘도 풍부하고 비타민 K, 베타카로틴, 비타민

B군도 섭취할 수 있다. 특히 비건에게 결핍되기 쉬운 비타민 B12도 김을 비롯한 해조류에 함유되어 있다고 하니, 참 반가운 소식이다.

무엇보다 해조류는 우리와 멀리 떨어져 있는 바다를 떠올리게 한다는 점에서 중요하다. 바다는 육지보다 더 많은 온실가스를 흡수하기도 하고, 특히 해조류는 흡수한 탄소의 일부를 바다 밑 흙 깊숙이 저장하는 역할을 하고 있다.

해조류는 다양한 방식으로 지구 생명체의 삶을 지탱하고 있다. 혼자 살기 시작한 좁은 방에서 미역국을 끓여 먹으며 얻었던 그 수많은 안도감은, 어쩌면 해조류가 내게 건넨 바다의 위로였는지도 모르겠다. 그런 순간들이 차곡차곡 쌓여 나는 혼자 밥해 먹는 순간들을 따뜻하게 채울 수 있었다.

　　　　　　　씹을수록 퍼지는 바다의 향기, 해조류

새송이버섯의
101가지 매력

탱글하게 쪄서 도톰하게 썬 새송이버섯을
고추장 양념에 버무리면,
쫄깃한 식감과 달큼한 양념이 어우러져
밥 한 공기가 순식간에 사라진다.

새송이 젓갈

연예인들이 자신의 집에 있는 냉장고 재료들을 모
조리 들고 나와서 유명 셰프에게 원하는 요리를 부
탁하는 예능 프로그램을 보고 있었다. 게스트로 나
온 영화배우가 자신은 고기보다 버섯을 더 좋아한
다고 했다. 이 프로그램에 나오는 대부분의 메뉴는
육류, 버터, 치즈가 필수로 들어가던 터라, '버섯'을
말하는 사람을 처음 봐서 내심 반가운 마음에 눈과
귀가 쫑긋해졌다.

어떤 버섯을 좋아하려나? 갑자기 호기심이 생겨 몸을 숙여 냉장고 속 재료들을 집중하고 살펴보았다. 표고버섯, 새송이버섯, 느타리버섯 그리고 버섯 좀 좋아하는 사람들이 챙겨놓는 목이버섯까지. 냉장고에는 종류를 가리지 않고 다양한 버섯이 가득 차 있었다. 생각해보면 버섯을 좋아한다는 건 늘 그런 식이다. '가장 좋아하는 버섯이 무엇인가요?'라고 묻는 일은 드물다. 구체적인 버섯 하나를 꼽기보다는 뭉뚱그려 '버섯'을 좋아한다고 말하는 쪽이 일반적이다.

고급 식재료인 송이버섯을 으뜸으로 치거나, 진한 향의 표고버섯이 제일이라고 말하는 건 자연스럽다. 양송이버섯을 가장 좋아한다고 말한다면 취향이 확실해 보인다. 하지만 "새송이버섯을 가장 좋아합니다"라고 망설임 없이 답하는 사람은 어쩐지 쉽게 그려지지 않는다. 좋아하기는 해도, 수많은 식재료 중에 굳이 '가장 좋아하는' 자리에 올리기엔 선뜻 망설여지는 새송이버섯의 존재감. 도대체 왜일까?

 새송이버섯의 101가지 매력

요리에 활용되는 새송이버섯은 그 역할도 평범한 편이다. 잡채에는 느타리버섯이 들어가야 제대로 구색을 갖춘 것 같고, 전골의 마지막 장식에는 팽이버섯으로 담음새의 완성도를 높인다. 그런데 새송이버섯은? 고기 옆에 두툼하게 썰린 새송이버섯 몇 조각이 있더라도 그 자리는 어떤 버섯으로 대체되어도 상관없다. 어렸을 때는 보통 고기 접시에 양송이버섯이 함께 나왔다. 아무래도 최근 새송이버섯으로 바뀐 것은 부피 대비 가격이 저렴해서가 아닐까.

버섯 하나에만 집중하는 새송이버섯 구이

새송이버섯은 이름과 달리 자연산 송이버섯과는 별 관계가 없다. 느타리버섯 균류를 송이버섯과 비슷한 모양과 식감을 내기 위해 품종 개량한 것이다. 새송이버섯이 재배된 시기도 1995년이니 역사도 30년 남짓으로 짧은 셈이다. 부담 없는 가격에 계절 상관없이 쑥쑥 자라고 어떤 요리에 무난하게 잘 어울리는 존재. 요리에서의 새송이버섯은 위치는 그 정도다.

나도 새송이버섯을 그렇게 여기는 사람 중 한 명이었다. 그러다가 십여 년 전쯤 트위터에서 유행하던 레시피를 따라 하면서 새송이버섯에 대한 인식이 완전히 바뀌었다. 새송이버섯을 통으로 에어프라이어에 굽고 접시에 그대로 담은 채 가로 방향으로 칼로 썰어 먹는 레시피였다.

마침 에어프라이어를 집마다 들여놓는 것이 유행이던 때라 나도 작은 용량의 원통형 에어프라이어를 막 구매했을 때였다. 에어프라이어에 넣고 기다리면 들어간 모든 것들이 마법처럼 바뀌는 것에 심취해 있던 때라 따라 하기도 쉬운 새송이버섯 통구이를 그냥 지나칠 수 없었다.

만드는 법도 간단해서 마음에 들었다. 180도의 에어프라이어에 새송이버섯을 넣고 그저 15분 정도 구워주기만 하면 완성이다. 요란한 소리를 내며 작동되는 에어프라이어에서 점점 뜨거운 열이 느껴졌다. 10분이 지나자 고소하게 굽는 새송이버섯 냄새를 풍기며 버섯이 익어간다. 15분 정도 굽다 보면 버섯의 겉면이 쪼그라들고 마치 스테이크를 구운 것 같은 깊은 향기가 방 안에 가득해진다. 에어

　　　　　　　　새송이버섯의 101가지 매력

프라이어의 열기를 버틴 새송이버섯은 한껏 작아
져 있었다. 눈으로도 새송이버섯 속에 가득 담긴 버
섯즙이 응축되어 있다는 것을 느낄 수 있었다. 접시
에 버섯을 조심스럽게 담고, 참기름에 소금과 순후
추도 살짝 뿌린 다음 작은 칼과 포크도 갖추니 평
범했던 새송이버섯이 제법 그럴싸해 보였다.

　포크로 새송이버섯 끝부분을 잡고 반대편 손에
칼을 쥐고 레시피에서 시킨 대로 가로 방향으로 슥
슥 썰어보았다. 썰자마자 버섯 속에 가득했던 즙이
흘러나온다. 볶았다면 이 맛있는 버섯즙은 모두 휘
발되고 말았겠지. 이 기발한 생각을 해낸 누군가에
게 감탄하며 새송이버섯을 썰어 먹었다.

　놀라웠다. 지금까지 알던 새송이버섯이 아니었
다. 질감은 훨씬 오독오독하면서 탄력이 있었고, 구
운 버섯의 풍미가 가득 느껴졌다. 동시에 새송이버
섯만의 독특한 향도 오묘하게 느껴졌다. 새송이버
섯은 딱히 향이 없다고 생각했었는데, 아마 다른 것
들과 함께 조리했기 때문에 새송이버섯만의 맛과
향을 제대로 느끼지 못했던 것일지도 모르겠다. 다
른 버섯을 먹을 땐 느껴본 적 없었던 쫀득한 식감

도 매력적이었다. 무엇보다 새송이버섯 하나만을 구워서 새송이버섯이 지닌 요소 하나하나에 집중할 수 있다는 경험이 새롭게 다가왔다. 그때부터 새송이버섯의 매력에 빠져들고야 말았다.

그날 이후 에어프라이어의 원통이 허락하는 만큼 버섯을 가득 넣어 구웠다. 항상 새송이버섯은 하나만 먹기엔 아쉬웠기 때문이다. 특히 새송이버섯 통구이는 파스타를 해 먹을 때 곁들이기 좋았다. 버섯이라서 많이 먹어도 부담스럽지 않았고 한 끼에 두 가지 요리를 먹을 수 있다는 점도 장점이다. 파스타를 만드는 동안 에어프라이어가 버섯을 담당해주니 이보다 훌륭한 주방 보조가 없었다. 파스타에 구운 새송이버섯까지 곁들이면 집밥도 더 다채롭고 무엇보다 맛있으니까 밥 먹을 때마다 즐거웠다. 그냥 새송이버섯만 볶아먹기도 했다. 길게 썰어서 소금과 간장만 넣고 볶아 먹거나, 잘게 다져서 볶음밥으로 먹어도 맛있었다.

더욱 맛있게 먹는 방법을 찾아서

자주 먹다 보니 가장 맛있게 구워 먹는 방식도

새송이버섯의 101가지 매력

터득하게 되었다. 새송이버섯을 가로로 두툼하게 썰고 단면에 칼집을 촘촘하게 내어 관자처럼 굽는 '새송이버섯 관자구이'다. 나는 모든 채소와 버섯들을 좋아하지만, 그럼에도 가장 좋아하는 버섯 요리를 꼽으라면 '새송이버섯 관자구이'를 뽑는다.

새송이버섯을 가로로 2cm 정도의 두께로 썬다. 그리고 가로로 썬 단면에는 칼집을 내고 90도 각도로 또 한 번 칼집을 낸다. 칼집을 내는 이유는 새송이버섯을 구울 때 구워진 쪽이 쪼그라들면서 한쪽으로 휘어지지 않게 하기 위해서다. 또 중앙의 새송이버섯은 그대로이고 칼집을 낸 작은 네모는 오그라들면서 더욱 맛있게 보이는 역할도 한다.

예열한 팬에 기름을 아주 살짝만 두르고 새송이버섯을 굽는다. 불은 약불보다는 조금 더 높아야 노릇한 갈색으로 잘 구워진다. 새송이버섯이 익으면서 수분이 빠져나오고, 그 수분이 열에 의해 마이야르 반응을 일으키며 더 깊은 풍미로 버섯을 휘감는다.

갈색으로 잘 구워진 새송이버섯 관자는 접시에 담고, 참기름에 소금을 넣어 참기름 장을 만든다.

나는 여기에 상추와 쌈장도 준비한다. 제일 잘 구워진 새송이 관자는 참기름 장에 찍어 먹는다. 입안 가득 차오르는 부드러운 새송이버섯 향과 풍미가 일품이다. 그다음은 상추에 넣고 쌈으로도 싸 먹는다. 당연히 버섯은 리필 필수. 다시 버섯을 구우러 부엌을 왔다 갔다 하다 보면 새송이버섯 한 봉지는 금세 사라지고 만다.

점점 새송이버섯 요리에 빠져들 때쯤, 같이 일하는 동료의 초대로 그의 집에 놀러 갔다. 동료는 언어도 4개 국어를 할 만큼 다재다능하고 다방면에 아는 것이 많았다. 특히 요리도 잘했는데 일본어와 중국어를 잘하는 만큼 일본, 중국 요리에도 빠삭했다. 들은 적도, 먹어본 적도 없는 요리 이야기를 들을 때면 마치 미식 여행을 떠나는 것처럼 신기하고 흥미로웠다. 그렇게 새로운 요리를 알게 된 날이면 나는 집에서 쉽게 구할 수 있는 재료로 비슷하게 만들어보곤 했다.

동료의 집은 취향으로 세심하고도 정갈하게 정돈되어 있었다. 가져간 와인을 마시는 동안 동료는 냉장고에서 이것저것 꺼내서 끊임없이 맛있는 것

　　　　　　　　새송이버섯의 101가지 매력

들을 만들어주었는데, 마지막엔 새송이버섯 요리를 해준다고 해서 무척이나 기대가 되었다. 새송이버섯은 적당한 두께로 세로로 슬라이스한 다음 프라이팬에 가볍게 굽고 간장양념에 졸인 후 마지막에는 토치로 살짝 구워서 풍미를 올렸다.

긴 타원형의 접시에 가지런히 담긴 새송이버섯 요리를 마주하니, 마치 일본 골목길의 아늑한 선술집에 앉아 있는 듯한 기분이 들었다. 요리는 간장양념이 짙게 배어 있으면서도 달큼하고 짭짤한 맛이 났다. 새송이버섯을 굽거나 볶지 않고 양념에 졸이는 방식으로 먹으면 일본 음식 느낌이 난다는 것도 새로 배웠다.

초밥부터 숙회까지, 새로운 요리의 세계

이때 동료가 해준 새송이버섯 조림을 변형해서 나는 새송이 초밥을 해 먹는다. 요리는 이런 점이 좋다. 어떤 요리를 여러 번 반복하다 보면 또 나만의 방식으로 자리 잡게 되니까. 아마 동료도 일본에서 새송이버섯을 먹었던 경험이 여러 번 반복되어 그때의 새송이버섯 조림을 개발해낸 게 아닐까?

새송이 초밥은 미리 양념을 만들어두고 시작한다. 간장 1.5큰술, 맛술 1큰술, 설탕 0.5큰술, 물 3큰술을 미리 섞어둔다. 새송이버섯은 세로로 썰고, 버섯 단면에 대각선으로 칼집을 3~4번 정도 내면 양념이 더 잘 배고 밥을 둥글게 감싸준다. 팬에 새송이버섯을 굽다가 노릇하게 구워졌을 때쯤 양념을 넣고 졸인다. 가끔 뒤집다가 양념이 캐러멜처럼 진득하게 되었을 때 불을 끈다. 초밥을 만들고 새송이버섯으로 감싼 다음 와사비를 살짝 올린다. 새송이버섯의 오독오독한 식감과 구운 풍미, 달짝지근한 양념이 매력적인 새송이 초밥이다. 새송이버섯과 가지를 함께 굽고 졸여서 두 가지 초밥으로 즐기기도 한다.

새송이버섯을 쪄서 숙회로 만들면 또 다른 세계가 펼쳐진다. 나는 새송이버섯 숙회를 시도한 이후 집밥의 세계가 한층 더 넓어졌음을 깨달았다. 새송이버섯의 쫄깃한 식감이 해산물의 빈자리를 완벽하게 채워주었고, 새송이버섯으로 해산물 요리의 맛을 재현해보는 즐거움까지 생겼기 때문이다.

새송이버섯은 찜기에 넣고 10분 정도 찐 다음 찬

  새송이버섯의 101가지 매력

물에 바로 담근다. 이때 얼음을 넣으면 식감이 더욱 탱글탱글해진다. 버섯은 칼로 반으로 썰어 빠르게 식히고, 적당히 식었을 때 버섯을 물에서 꺼낸 뒤 세로로 결을 따라 찢는다. 이 상태로 바로 참기름장에 찍어 먹어도 좋지만 나는 주로 물회를 만들 때 활용하는 편이다.

꼬시래기와 잘게 썬 상추와 깻잎 위로 새송이버섯 숙회를 듬뿍 담고 냉면 육수에 고추장 0.5큰술, 식초, 설탕으로 간을 한 뒤 부어 먹는다. 물회 양념과 어우러지는 바다 한 상. 차가운 육수가 만나 새송이버섯이 훨씬 쫄깃해졌다. 숙회로 먹는 새송이버섯이 묘하게 해산물 같은 감칠맛이 나서 회무침으로 만들어도 훌륭하다! 부추전이나 파전, 김치부침개를 부칠 때 얹어서 부쳐내도 쫄깃한 식감 덕분에 더 평범한 전이 더욱 특별해진다.

새송이버섯 숙회로 버섯 젓갈을 만드는 것도 가능하다. 찜기에 쪄낸 새송이버섯을 5mm 두께로 썰고 무, 마늘, 고추는 얇게 채 썬다. 새송이버섯 1개를 기준으로 버섯과 채소에 소금 2/3큰술, 설탕 2꼬집 뿌려서 10분 이상 절인다. 물기를 꾹 짜낸 뒤

고추장 1.5큰술, 올리고당 1.5큰술, 고춧가루 1작은
술, 참깨를 넣고 버무리면 완성이다. 오징어젓갈이
부럽지 않은 새송이 젓갈이다. 아삭하고 쫀득한 식
감과 달큼한 양념에 밥 한 공기가 금세 비워진다.

새송이버섯 젓갈을 만들 때 주의할 점은 고추장
을 많이 넣으면 고추장 맛만 나기 때문에 적정량을
넣어야 한다는 점이다. 또 진짜 젓갈처럼 완전히 소
금에 절인 것이 아니므로 오래 보관할 수는 없지만,
냉장고에 넣어두고 일주일 정도는 맛있게 먹을 수
있다.

새송이버섯, 무한한 가능성

새송이버섯은 그야말로 무한한 가능성을 지닌
버섯이다. 써는 방향, 조리법, 작은 칼집 하나에 맛
과 향, 식감이 모두 달라지니 말이다. 애정을 갖고
들여다보면 채소의 매력은 끝없이 발견할 수 있다.

나는 아직도 새송이버섯으로 시도해보고 싶은
요리가 많이 있다. 그림을 그리기 전에 비어 있는
흰 종이처럼 하얀 몸통도 내게는 아직 아무것도 그
려지지 않은 도화지처럼 보인다. 향도 식감도 평범

 새송이버섯의 101가지 매력

하기에 더 다양한 요리가 가능한 게 아닐까.

개발된 지 30년 남짓한 짧은 역사 속에서 새송이버섯이 우리 식탁에 이토록 빠르게 자리 잡은 이유도 아마 그 평범함 덕분일 것이다. 새송이버섯은 대파나 사과처럼 가격이 폭등하는 일도, 특별한 효능으로 갑작스럽게 주목받는 일도 없다. 하지만 늘 그 자리에서, 누구에게나 부담 없는 가격으로 항상 존재한다. 때로는 근사한 식사로, 때로는 이국적인 요리로, 때로는 그리운 무언가를 대체하는 재료로 무한 변신하면서. 평범함이야말로 가장 위대한 가능성임을, 나는 새송이버섯에게서 배웠다.

채소와 과일로 챙겨 먹는
진짜 영양제

두유에 불린 오트밀에 사과, 블루베리,
견과류를 듬뿍 얹어 먹을 것. 속을 편안하게
해주는 나의 아침 루틴 한 그릇.

오트밀 국밥

첫 회사에 다닐 때 나는 영양제에 빠져들었다. 10칸
짜리 알약 통에는 그날 먹어야 하는 영양제들이 담
겨 있었다. 아침 공복에는 유산균, 점심을 먹은 후
에는 종합 비타민과 칼슘을 하나씩 물과 함께 삼켰
다. 때마다 꽂히는 영양제들이 달라졌다. 간에 좋다
는 실리마린, 피부에 좋다는 히알루론산, 항산화 기
능이 있다는 고지베리(구기자), 뼈를 위한 키토산까
지. 솔깃한 효능을 내세우는 영양제들을 추가하면

서 몸의 변화를 기다렸다. 집착에 가까울 만큼 강박적으로 영양제를 쇼핑하고 루틴에 따라 영양제를 먹었다. 더 건강해지고 싶다는 마음도 있었고, 성실하게 영양제를 챙겨 먹는 의식이 삶을 잘 살아가고 있다는 안심을 주었기 때문이다.

이제 와서 고백하자면 영양제로 그 많은 효능을 경험하지는 못했다. 만약 그랬더라면 지금까지도 영양제를 달고 살겠지만 지금은 아무런 영양제도 먹지 않은 지 오래다.

영양제의 굴레에서 벗어난 순간

나의 영양제 강박은 식단으로도 이어졌다. 무언가 획기적인 변화가 생길 거라 믿으며 새로운 식단들도 곧잘 시도했다. 탄수화물을 제한하는 키토식, 디톡스 클린 프로그램, 가공식과 지방을 극도로 제한하는 자연식물식 같은 것들 말이다.

왜 그랬을까? 생각해보면 나는 아직 발견되지 않은 '더 나은 나'를 막연히 기대했던 것 같다. 영양제나 특정 식단을 먹은 다음 날부터 신기하게 활력이 생기거나, 혹은 내가 좀 더 똑똑해진다거나, 힘들이지 않고도 날씬하고 건강한 몸을 얻을 수 있는 마법 같은 비법이 있을 거라 믿었다.

무엇보다 영양제는 하루 대부분을 사무실에서 보내던 나 같은 사람에게 스스로를 챙길 수 있는 가장 쉽고도 간편한 방식이었다. 사무실 책상 구석에 쌓아두고 하루에 하나씩 알약을 삼키면 끝이다. 채소나 과일처럼 보관 공간이나 손질이 까다롭지도 않으며 훨씬 간편하다.

그런데 나는 정말 더 나아지고 있었을까? 사실 종합 비타민은 속이 울렁거리기 일쑤였고, 키토산이나 히알루론산을 먹으면 평소에 없던 두통이 생겼다. 유산균은 별다른 효과를 보지 못해 균수를 늘리거나 점점 더 비싼 제품을 찾았다. 영양제는 마치 보험과도 같았다. 당장의 효과를 체감하기 어렵더라도 현재와 미래의 불안을 잠재우기 위한 알약들. 게다가 한번 발을 들이면 끝없는 선택의 미로를 헤매며 영양제의 굴레에서 벗어나기 쉽지 않았다.

본격적으로 비건식에 돌입했을 때 보건복지부에서 발행한 '한국인 영양소 섭취기준'이라는 자료를 읽었다. 한국인들이 자주 먹는 음식을 기반으로 영

   채소와 과일로 챙겨 먹는 진짜 영양제

양 섭취 현황과 권장량, 그리고 기본적인 영양 상식
을 정리한 자료다.

여기서 영양제에 관한 충격적인 사실을 알게 되
었다. 대부분의 영양제는 단일 영양소를 고함량으
로 함유하고 있어, 장기 복용 시 어떤 부작용이 생
길지 알 수 없다는 점이었다. 심지어 베타카로틴을
고함량으로 장기간 섭취한 일부 집단에서 폐암 발
병률이 높아졌다는 연구 결과도 있었다. 어쩌면 당
연한 일일지도 모른다. 영양제의 역사는 생각보다
짧다. 특히 한국에 널리 퍼지기 시작한 건 1960년
대 후반부터이니, 아직 한 세대도 채 지나지 않은
셈이다. 당연히 장기 복용의 안정성을 입증하기에
는 데이터가 부족하지 않을까. 그때 나는 마지막까
지 챙겨 먹던 유산균과 비타민 D마저 복용을 중단
했다.

아침을 책임지는 오트밀 국밥과 제철 과일

유산균보다 효과를 본 건 아침마다 먹기 시작한
오트밀이었다. 십여 년간 아침 식사를 거르다 보니
소화 기능이 떨어지고 위염이 심해져 아침밥을 챙

겨 먹기 시작했는데, 그중 오트밀은 간편하면서도 속이 편안해 몇 년째 나의 아침을 책임지고 있다. 일명 '오트밀 국밥'이다. 두유에 오트밀을 넣고 전자레인지에 살짝 돌려 불린 뒤, 다진 사과와 냉동 블루베리, 다진 견과류를 섞어 먹는다. 여기에 제철 과일을 더하면 계절까지 놓치지 않고 만끽할 수 있다. 한여름에는 따뜻한 두유 대신 두유 요거트를 활용해서 시원하게 즐기기도 한다.

아침마다 오트밀 국밥과 제철 과일을 챙겨 먹으니 무엇보다 화장실 가는 일이 편해졌다. 아무리 비싼 유산균을 먹어도 별 효과가 없었는데, 귀리와 사과의 풍부한 식이섬유가 내겐 해답이었다. 점심, 저녁으로 채소가 풍부한 식단을 먹은 것도 한몫했을 것이다. 식이섬유는 소화되지 않고 장까지 내려가 미생물의 먹이가 되고, 특히 과일 속 프락토올리고당은 유산균을 증식시키는 질 좋은 먹이가 된다. 채소와 과일로 수분과 식이섬유를 충분히 섭취하면 장내 환경이 스스로 건강해지니, 굳이 별도의 유산균을 찾을 필요가 없는 셈이다.

　채소와 과일로 챙겨 먹는 진짜 영양제

내 몸에 필요한 영양소를 채우는 법

동물성 식품을 전혀 먹지 않기로 결심했을 때 가장 염려된 점은 영양 부족이었다. 그래서 하루에 먹는 모든 재료를 취합해서 데이터베이스를 만들어보며 부족한 것이 없는지 점검하는 습관이 들였다. 레시피를 개발할 때도 식재료의 영양 성분을 꼼꼼히 계산해 무엇이 풍부하고 무엇이 부족한지를 살펴보았다. 이 과정에서 깨달은 사실은, 단백질이나 지방 같은 필수 영양소뿐만 아니라 대부분의 무기질과 비타민도 곡물, 채소, 과일만으로 충분히 섭취할 수 있다는 점이었다. 그저 '풀떼기'로 분류되는 열무나 깻잎에도 무기질과 비타민이 들어 있다는 사실에 새삼 놀라곤 했다.

물론 개별 채소 하나가 완전한 종합 비타민은 아니다. 어떤 채소는 비타민 C가, 어떤 채소는 칼슘과 비타민 K가 유독 풍부하다. 따라서 균형 잡힌 영양 섭취를 위해서는 여러 가지를 골고루 먹어야 한다. 장을 볼 때 지난주에 먹지 않은 새로운 채소를 고르거나, 식사 사진을 찍어 식탁의 색깔이 다채로운지 점검해보는 것도 좋은 방법이다. 사실 풍요로운 도시의 현대인들은 이미 충분한 열량을 섭취하고 있다. 여기에 채소와 과일을 골고루 곁들여 미량영양소와 식이섬유만 신경 쓴다면, 영양 결핍을 걱정할 일은 거의 없을 것이다.

일상에서 겪기 쉬운 증상이나 건강 목표에 맞춰 어떤 채소와 과일을 챙겨 먹으면 좋을까? 신선한 자연의 식재료로 내 몸에 필요한 영양소를 채우는 방법이다. (단, 수술 이력이 있거나 특정 질환을 앓고 있다면 반드시 전문의와 상담 후 식단을 결정해야 한다.)

빈혈 예방하기

빈혈의 가장 흔한 원인은 철분 부족이다. 철은 혈액 내 헤모글로빈의 주성분으로, 온몸 구석구석에 산소를 운반하는 중요한 역할을 한다. 철분 섭취가 부족하거나 체내 흡수가 제대로 되지 않으면 산소 공급이 원활하지 않아 빈혈이 생긴다. 특히 채식 위주의 식사를 할 경우 철분 부족을 겪기 쉬운데, 식물성 철분인 '비헴철'은 식이섬유 등의 영향으로 체내 흡수율이 낮기 때문이다.

하지만 방법은 있다. 철분이 풍부한 채소를 자주

 채소와 과일로 챙겨 먹는 진짜 영양제

섭취하고, 비타민 C가 많은 채소나 과일을 곁들여 흡수율을 높이는 것이다.

식물성 재료 중 철분 함량이 단연 으뜸인 것은 매생이다. 꼬시래기와 톳에도 풍부하다. 내가 일주일에 한 번, 적어도 한 달에 한두 번은 꼭 해조류를 챙겨 먹는 이유다. 평소에 없던 어지럼증이 느껴지면 나는 습관적으로 마트의 해조류 코너로 향한다. 언제부턴가 염장 해조류 코너는 나만의 천연 영양제 진열대가 되었다. 겨울이 오면 제철을 맞은 매생이와 미역, 파래도 놓치지 않는다. 맛도 맛이지만, 내 몸에 필요한 철분을 음식으로 잘 챙기고 있다는 사실에 왠지 모를 뿌듯함도 느낀다. 봄에는 쑥, 냉이, 두릅을, 평소에는 고수나 깻잎을 자주 곁들이면서 철분을 채운다.

건강한 뼈를 위해

뼈가 튼튼해지려면 칼슘 섭취도 중요하지만 마그네슘과 비타민 K, 비타민 D도 중요하다. 특히 푸른잎채소에 많은 비타민 K는 뼛속 칼슘이 오래 붙어 있도록 도움을 주고, 비타민 D는 섭취한 칼슘,

마그네슘이 잘 흡수되도록 도움을 준다. 따라서 건강한 뼈를 유지하기 위해서는 칼슘, 마그네슘이 풍부한 채소뿐만 아니라 비타민 K가 많은 채소를 자주 섭취하고 비타민 D 생성에 주의를 기울여야 한다. 비타민 D는 영양제로 먹는 것보다 내 피부를 햇빛에 노출하는 것이 가장 효과적이다. 점심 식사 후에 시간을 내어 산책하는 습관을 들이면 좋다.

내가 뼈 건강을 위해 꼭 챙겨 먹는 것은 바로 '고춧잎 나물'이다. 사실 모든 나물을 통틀어 가장 좋아하는 나물이기도 하다. 나는 들기름과 국간장으로 볶아 먹는 것을 가장 좋아하는데, 고춧잎 특유의 볶은 고추의 향과 쓸쓸하면서도 짭짤함, 촉촉하고 부드러운 식감이 정말 일품이다.

영양을 들여다보며 고춧잎에 대한 애정은 더 커졌다. 뼈 건강에 도움이 되는 칼슘, 마그네슘, 비타민 K가 '매우' 풍부할 뿐만 아니라, 비타민 A의 전구체인 베타카로틴 그리고 비타민 C도 함께 챙길 수 있다. 여기서 '매우'라는 단어에 주목할 필요가 있다. 이 많은 무기질과 비타민이 동시에, 그것도 풍부하게 함유한 채소는 드물기 때문이다. 유일한 단

　　　　　채소와 과일로 챙겨 먹는 진짜 영양제

고춧잎 100g의 주요 영양 성분(하루 권장 섭취량 대비 %)			
단백질	5.1g(10%)	비타민 A	434㎍(67%)
식이섬유	2.8g(14%)	비타민 K	871㎍(1341%)
칼슘	369mg(53%)	엽산	103㎍(26%)
철	4.4mg(31%)	비타민 C	24g(24%)
마그네슘	107mg(38%)		

출처: 식품의약품안전처

점은 구하기 어렵다는 점. 보통 고추 수확이 끝난 가을 무렵 재래시장에서나 만날 수 있다. 나는 대량으로 사서 데친 후 소분해 냉동실에 쟁여두고 먹는다.

고춧잎을 구하기 어렵다면 푸른잎채소로 눈을 돌려보자. 호박잎, 케일, 아욱, 무청, 얼갈이배추, 열무, 상추, 시금치에도 칼슘, 마그네슘, 비타민 K가 풍부하다. 흥미로운 점은 서양식 샐러드 채소보다 한식 나물로 쓰이는 채소들의 무기질 함량이 대체로 더 높다는 사실이다.

그중에서도 돋보이는 것은 단연 호박잎이다. 쌈채소로만 알았던 호박잎은 사실 뼈를 튼튼하게 만드는 칼슘, 마그네슘, 비타민 K로 꽉 차 있다. 이렇듯 익숙한 한식 채소들을 두루 활용하는 것만으로도 뼈 건강을 챙길 수 있다. 백태콩, 현미, 보리, 호박씨, 팥, 귀리 같은 콩류와 잡곡에도 칼슘과 마그네슘이 풍부하다.

항산화 비타민 C, A, E

비타민 C는 면역력을 높여 감기를 예방하고 피부 건강에 도움을 준다. 비타민 C가 가장 많은 채소는 단연 '파프리카'다. 파프리카 1/3조각(약 70g 정도)이면 하루에 필요한 비타민 C를 충분히 섭취할 수 있다. 평소보다 몸이 무겁거나 체력이 떨어진다고 느껴진다면 아침마다 파프리카 반 개를 챙겨보자. 확실히 달라진 몸의 변화를 느낄 수 있다. 파프리카가 없다면 오이고추 1~2개를 밥 먹을 때 곁들이는 것도 방법이다. 채소 중에서는 방울양배추, 유채, 돌나물, 무청, 시금치, 고구마, 감자에, 과일 중에서는 키위, 딸기, 한라봉에 비타민 C가 풍부하다.

흔히 눈 건강에 좋다고 알려진 베타카로틴은 체내에 흡수되면 비타민 A로 전환된다. 코와 목, 폐의 점막을 튼튼하게 해 바이러스 침입을 막는 역할도 한다. 베타카로틴은 채소 원물로 섭취할 경우 몸에

채소와 과일로 챙겨 먹는 진짜 영양제

단백질	0.8g(2%)	비타민 A	12㎍(2%)
식이섬유	1.3g(7%)	비타민 K	3.2㎍(5%)
칼슘	7mg(1%)	엽산	36㎍(9%)
철	0.3mg(2%)	비타민 C	111mg(111%)
마그네슘	9mg(3%)		

출처: 식품의약품안전처

서 필요한 만큼만 비타민 A로 전환되기 때문에 과다 섭취 부작용이 없다. 베타카로틴을 가장 손쉽게 섭취할 수 있는 채소는 역시 '당근'이다. 당근 몇 조각만으로도 하루 권장량을 채울 수 있다. 당근뿐만 아니라 호박, 시금치, 취나물, 부추, 열무, 깻잎에도 풍부하다.

'안티에이징 비타민'이라 불리는 비타민 E는 활성산소로부터 세포막을 보호해 노화를 억제한다. 특히 비타민 A, C와 함께 섭취하면 항산화 작용이 배가 된다. 비타민 E는 대두, 서리태, 해바라기씨, 단호박, 땅콩, 아보카도 등에 풍부하다.

나물 요리에 참기름이나 들기름을 두르거나, 한식 요리에는 고춧가루를, 샐러드에는 견과류나 올리브유를 추가하는 것만으로도 비타민 E가 풍부한 항산화 식단을 만들 수 있다.

제철 채료를 챙겨 먹으며 생긴 활력

채소와 과일만으로도 충분히 비타민을 섭취할 수 있다는 사실을 진작 알았더라면 10여 년 전의 나는 조금 더 건강했을지도 모른다. 20대부터 꾸준히 제철 채소와 과일로 신선한 영양을 섭취했다면 어땠을까 하는 아쉬움도 남지만, 꼭 그렇지만도 않다. 지난 4년 동안 꾸준히 제철 채소와 과일을 챙겨 먹다 보니 예전보다 훨씬 활력 넘치는 일상을 보내고 있다. 계절을 가리지 않고 매달 달고 살던 감기도 사라졌고, 혹여 감기에 걸리더라도 며칠 잘 먹고 쉬면 금세 회복된다.

무엇보다 이제는 내 몸이 한계에 부딪히기 전에 멈출 줄 안다. 매일 살아 있는 채소의 생생함과 과일의 뚜렷한 존재감으로 에너지를 채우다 보니, 내게 무엇이 독이고 약인지를 알아보는 분별력이 생긴 덕분이다. 살아 있음으로 가득 찬 채소와 과일은 단언컨대 알약보다 강하다.

채소와 과일로 챙겨 먹는 진짜 영양제

항상 곁에 두고 싶은
무적의 반려채소

양배추 듬뿍 넣고 간장과 케첩으로 볶아낸
양배추 야키소바 파스타. 거부할 수 없는
단짠단짠에 양배추 한 통이 금세 사라진다.

양배추 야키소바 파스타

한 줌 채소로는 채우지 못하는 허기

작은 방에서 혼자 살기 시작했을 때, 가장 큰 고민은 '어떻게 하면 채소를 잘 챙겨 먹을 수 있을까'였다. 나는 이상하게도 채소를 먹지 않으면 금세 피로해졌고 기분마저 우울해졌다. 심지어 채식하는 지금도 외식할 때 가장 힘든 점은 고기를 피하는 것보다 신선한 채소를 양껏 먹지 못하는 일이다.

포케나 샐러드 집에서도 신선한 채소는 사실상

한 줌 정도다. 게다가 채소는 대부분 수분과 식이섬유로 구성되어 있다 보니 보기에는 양이 많아 보이더라도 데치면 한 젓가락도 되지 않는다. 약간의 채소로 부피를 채우고 남은 공간에는 각종 통조림과 가공식품들로 채워져 있다. 통조림이나 멸균처리가 되어 있는 가공식품은 채소라 할지라도 유익균이 없다. 그래서 아무리 많이 먹어도 허한 느낌이 들었다.

신선한 채소가 가득한 집밥이 필요해

채소를 먹지 않으면 우울해진다는 건 내 느낌만은 아닌 것 같다. 신경생리학자 마이클 거숀은 장을 '제2의 뇌'라고 명명하며 행복 호르몬이라 불리는 세로토닌의 95%가 장에서 만들어진다는 사실을 밝혀냈다. 장내 미생물의 상태가 뇌, 기분, 인지능력에도 영향을 미친다는 사실은 최근에 활발하게 연구되고 있다.

채소 속 식이섬유는 장내 미생물의 훌륭한 먹이가 된다. 그뿐만 아니라 모든 채소와 과일에는 자연 효모와 유산균이 있기 때문에 장내 미생물이 건강

  항상 곁에 두고 싶은 무적의 반려채소

하게 유지될 수 있는 조건을 제공해준다. 그러니 신선한 채소를 먹는 일은 나를 돌보는 일일 뿐만 아니라, 나를 구성하는 38조 마리의 미생물 식구들을 먹여 살리는 역할이기도 하다. 그렇게 생각하면 아무리 혼자이고 바쁘더라도 신선한 채소가 가득한 집밥을 챙겨 먹어야 할 의무감이 생기기도 한다.

그렇기에 내가 처음 집을 구할 때 가장 중요하게 여긴 조건은 '집 근처에 시장이 있는가'였다. 처음 그 재래시장을 마주쳤을 때의 감동을 잊지 못한다. 하루에 2만 명이 다녀간다는 시장은 아침부터 오후까지 사람들로 북적였다. 끓이고, 삶고, 데치는 푸근한 향과 살아 숨 쉬는 활기로 가득했다. 사람이 많으니 매일 신선한 채소와 과일이 채워졌고 빠르게 비워졌다. 내 방에는 작은 냉장고뿐이었지만, 시장에 이렇게나 많은 채소가 있으니 마치 거대한 식재료 창고를 가진 것처럼 든든했다. 약간의 비용만 내면 원하는 만큼의 신선한 채소를 매일 가져올 수 있으니 말이다.

그럼에도 집 안에도 언제든 나를 든든하게 먹여 살릴 수 있는 최소한의 든든한 지원군들이 필요했다. 그래서 나는 냉장고 없이도 실온에서 버틸 수 있는 '반려채소'들을 들이기 시작했다. 양파, 감자, 고구마, 바싹 말린 나물과 콩들. 나는 이들을 반려채소 삼아 채소 집밥을 가까이할 수 있었다.

가장 든든한 반려채소, 양파

반려채소 중 가장 든든한 지원군은 단연 양파다. 1인 가구라면 보통 손질된 깐 양파를 사는 게 좋을 것 같지만 오히려 그렇지 않다. 양파는 보관만 잘하면 한 달도 멀쩡하다. 게다가 껍질을 벗기고 냉장고에 넣는 순간부터 영양소가 사라지기 시작하고 맛도 떨어진다.

양파를 실온에 오래 보관하려면 통풍이 잘되는 곳에 걸어두면 된다. 양파를 담아 파는 빨간 망을 따로 모아 두었다가, 양파를 한 알씩 넣어 빵 묶는 철사로 묶는다. 만약 무른 양파가 보이면 먼저 먹는다. 이렇게 양파를 겹치지 않게 차곡차곡 담은 뒤 통풍이 잘되는 곳에 걸어두고, 설거지할 때 물이 튀지 않도록 주의하면 꽤 오래 신선하게 보관할 수 있다.

　　　　　　항상 곁에 두고 싶은 무적의 반려채소

주렁주렁 매달린 반려양파를 보면 뿌듯하다. 양파는 모든 요리에 자연스러운 단맛과 풍미를 극대화하고, 양파만으로도 해 먹을 수 있는 훌륭한 요리들도 꽤 많기 때문이다. 간단히 기름에 볶아서 소금을 뿌려 볶음으로 해 먹어도 좋고, 다른 채소와 볶으면 맛과 식감도 한결 풍성해진다.

파스타를 만들 때도 다진 양파를 볶는 과정을 추가하면 맛이 배가 된다. 가로로 두툼하게 썰어 구운 양파 스테이크도 좋아한다. 노릇하게 구워진 동글동글한 양파 위로 간장 1.5큰술에 식초와 설탕 반 스푼, 물 2스푼을 넣고 녹인 소스를 부어 졸이면 훌륭한 요리가 된다.

봄에 조생종 양파를 한가득 사두고 양파 캐러멜라이즈를 하면서 주말을 보내는 것도 즐거운 일이다. 흰 양파가 점점 갈색으로 변하며 줄어드는 모습은 마치 양파로 만드는 연금술 같다. 캐러멜화 된 양파들은 냉동실에 소분해서 넣어두고, 캐러멜화 된 양파에 레드 와인과 스톡을 넣고 푹 끓여 양파 수프로 만든다.

양파 수프는 양파를 볶느라 고생한 날에 먹어야

가장 맛있는 요리다. 이미 양파의 모습은 온데간데 없이 사라져 버린 진득한 양파 수프에 바싹 구운 바게트를 푹 적셔 먹는다. 고생했던 시간이 전혀 아깝지 않을 만큼 양파의 맛있는 맛들이 진하게 농축되어 있다. 양파 캐러멜라이즈는 파스타 소스를 만들 때 활용해도 간단하게 맛을 올려주고, 볶음 요리나 수프, 카레, 짜장에 활용하면 천연 감미료 같은 역할을 하면서 깊이 있는 맛을 짧은 시간 내에 만들어준다.

양파를 깍둑썰기한 뒤 소금에 살짝 절여 겉절이 양념에 버무려 간단한 양파김치를 만들어도 좋다. 남은 양파는 간장 양념을 부어 장아찌로 만들거나 3%의 소금과 물만 넣어 상온에서 발효시킨 뒤 샌드위치에 활용할 수도 있다. 정말이지 양파는 반려채소 중에서도 쓰임새로 치면 1등이다. 비슷한 방법으로 통마늘을 보관해도 좋다.

깐마늘도 냉장고에 두면 금방 곰팡이가 피거나(어떤 식재료든 곰팡이가 피면 아까워하지 말고 곧바로 버려야 한다) 상하기 때문에 오히려 상온 보관하는 쪽이 좋다.

   항상 곁에 두고 싶은 무적의 반려채소

빨아서 냉동 보관하는 것도 유용하지만, 사실 마늘의 맛있는 성분은 방금 갓 빨았을 때 나온다. 그 상태로 오래 냉장 보관을 하면 매운 향만 남기 때문에 요리했을 때 확실히 향과 맛이 다르다. 마트에서 파는 다진 마늘을 활용했을 때 맛이 다른 이유도 그 때문이다.

탄수화물을 듬뿍 채워주는 감자, 고구마, 단호박

양파 다음가는 반려채소는 감자와 고구마 그리고 단호박이다. 전분이 많은 이 채소는 냉장고에 넣어두면 구조가 변해 맛이 떨어지기 때문에 상온 보관하는 것이 정석이다. 다만 감자는 햇빛을 보면 싹이 트고 독성이 생기므로, 빛이 들지 않도록 검은 비닐이나 박스로 덮어두어야 한다. 만약 싹이 났거나 껍질이 초록색으로 변했다면 그 부분은 독성이 있으니 아까워 말고 과감히 잘라내야 한다.

반면 고구마는 싹이 나도 독성이 없어 먹는 데 아무런 문제가 없다. 나는 방 한곳에 건조하게 보관할 수 있는 곳에서 감자, 고구마, 단호박을 계절에 따라 번갈아 가며 보관해두고 먹는다. 배가 고플 때 전자레인지에 간단히 쪄 먹거나 구이나 수프, 전, 카레까지 해 먹으면서 자연이 주는 풍요로운 탄수화물을 제대로 만끽한다.

오래 두어도 상하지 않는 말린 채소

말린 나물과 콩류도 빼놓을 수 없다. 몇 년 전, 두 달간 해외 일정이 잡혀 집을 비워야 했을 때였다. 냉장고도 정리할 겸 새로운 식재료는 사지 않고 집에 있는 재료만으로 버텨보기로 했다. 놀랍게도 나는 한 달 동안 아무것도 사지 않고 지낼 수 있었다. 그저 버티는 수준이 아니라 매일 풍성하고 질 좋은 식사가 가능했는데, 그 일등 공신은 바로 말린 채소들이었다. 고사리를 불려 밥을 짓고, 백태콩을 갈아 묵은지와 함께 비지찌개를 끓이고, 말린 가지를 불려 토마토소스와 함께 볶아 파스타를 해 먹었다. 여기에 미리 담가둔 김치와 장아찌까지 곁들이니, 신선한 채소 하나 없이도 한 달 내내 다채롭고 풍족한 식탁이 차려졌다.

덕분에 냉장고와 냉동고, 식재료 보관함까지 말끔히 비우고 가벼운 마음으로 떠날 수 있었다. 문득

　　　　　항상 곁에 두고 싶은 무적의 반려채소

말린 채소만 넉넉하다면 갑작스러운 식량난이 닥쳐도 거뜬하겠다는 생각이 들었다. 냉장고가 없던 시절에 우리 조상들이 지혜롭게 사계절을 났던 것처럼 말이다.

이 경험 덕분에 나는 지금도 선반 속에 말린 채소들을 비상식량처럼 쟁여둔다. 말린 채소는 아무리 오래 두어도 상하지 않는 것이 최대 장점이다. 종류도 무척 다양하니 하나씩 맛보며 입맛에 맞는 것들로 채워보길 바란다. 나는 주로 말린 표고버섯, 고사리, 무말랭이, 다시마, 미역, 백태콩을 상비해 두는 편이다.

한 달은 거뜬한 무적 채소 양배추

말린 채소들이 비상식량이라면, 냉장고 속에는 '무적 채소' 양배추가 있다. 양배추는 말 그대로 무적이다. 네 등분으로 자른 뒤 심지 부분에 키친 타올을 살짝 적셔서 붙여두면 한 달은 거뜬하다. 오래 보관해 단면이 조금 갈색으로 변하더라도 그 부분만 잘라내면 속은 멀쩡하다. 양배추 라페나 샐러드를 만들어 빵과 먹어도 좋고, 기름에 소금만 뿌려 볶아 먹어도 맛있다. 양배추를 듬뿍 넣고 볶다가 간장, 케첩, 후추를 더한 양배추 야키소바 파스타도 최애 양배추 요리 중 하나다. 그럼에도 양배추가 남는다면 코울슬로나 피클, 사우어크라우트를 만들어둔다. 거대한 양배추 한 통도 이렇게 먹다 보면 금세 사라져서 이내 아쉬워진다.

양배추는 가까이할수록 좋은 채소다. 식이섬유가 풍부해 위를 편안하게 하고 장 건강에도 좋으니, 자극적인 외식이나 배달 음식을 자주 먹는 사람이라면 꼭 챙겨 먹으면 좋겠다.

만약 여러 가지 채소를 갖추기 어려운 상황이라면, 나는 반려채소로 주저 없이 양배추를 권한다. 외식할 때 생양배추를 썰어 도시락처럼 조금씩 싸서 다니거나, 집에서 배달 음식을 먹을 때 양배추를 곁들이기만 해도 속이 한결 편안해진다. 양배추를 먹었을 때와 아닐 때의 차이를 몸으로 느꼈다면, 앞으로 양배추와 가까워지는 일은 시간문제다.

무궁무진한 배추 활용법

무와 배추도 무적 라인이다. 특히 무는 시들거나

 항상 곁에 두고 싶은 무적의 반려채소

상하지 않고 오래 버티는 강인한 생명력을 지녔다. 무로 해 먹는 요리들을 익혀두면 풍요로운 가을과 겨울을 보낼 수 있다.

배추 역시 활용법이 무궁무진하다. 특히나 겨울에는 마음까지 데워주는 푸근한 배추 요리들이 많다. 노란 속 배추를 넣고 뭉근히 끓인 배추 된장국, 얇게 지져낸 달큼한 배추전, 통으로 구워 먹는 배추 스테이크. 최근에는 배추를 잔뜩 넣고 만드는 배추 떡볶이에 빠져 있다. 배추를 고추장에 볶은 다음 고춧가루 1.5큰술, 고추장 1큰술, 다시다 조금, 물 한 컵 반, 떡 한 줌을 넣고 푹 끓인다. 설탕 없이도 배추의 단맛으로 칼칼하고 달큼한 떡볶이가 완성된다. 거기에 떡볶이 양념이 푹 밴 배추까지. 겨울 배추의 참맛을 느끼려면 배추 떡볶이를 꼭 해 먹어야 한다.

배추는 양배추와 달리 오래되면 잎이 마르고 쪼그라들기도 한다. 하지만 물에 담가두면 다시 파릇파릇 피어난다. 친구네 농장 창고에서 겨우내 잊고 있었던 배추를 봄에 발견했는데, 미라 같던 그 배추가 물을 만나자 쌩쌩하게 깨어났다. 그 긴 시간 동안 배추는 죽지 않고 살아 있었다. 무 역시 무청을 잘라 물에 담가두면 새잎이 돋아난다.

어떤 채소든 냉장고 속에서도 숨 쉬고 있고, 적절한 환경이 갖춰지면 다시금 생을 활기차게 뻗어 간다. 빨간 망에 걸린 양파도 어느새 싹을 틔우듯이. 언제든 생명을 이어갈 수 있는 에너지로 가득하다.

살아 있음을 매일 마주하는 일

그렇다. 채소는 늘 살아 있다. 빨간 망에 걸린 양파도, 냉장고 속 배추도, 바싹 마른 콩도 저마다의 방식으로 숨 쉬며 살아 있거나 버티고 있다. 내 입으로 들어와 나를 이루는 미생물들의 먹이가 되고, 비로소 나의 일부가 되어 함께 살아간다. 채소로 밥을 해 먹는다는 건, 소란하지 않으면서도 분명한 '살아 있음'의 감각을 매일 마주하는 일이다.

사람마다 마음을 기댈 구석 하나쯤은 필요하다. 내게는 그 믿을 구석이 바로 채소들이다. 내게 맛의 기쁨을 주고, 살아 있음을 느끼게 하고, 요리의 재미를 주고, 무엇보다 오늘을 살아갈 에너지를 주

   항상 곁에 두고 싶은 무적의 반려채소

는 고마운 존재들. 어느 날 갑자기 낯선 곳에 뚝 떨어진다 해도, 풀 한 포기 자라날 땅만 있다면 나는 채소로 밥을 해 먹으며 그곳에 뿌리 내리고 살아갈 수 있을 것 같다. 그렇게 생각하면 묘한 안도감이 들고 마음도 차분해진다. 나를 닦달하는 불안함도, 무리하게 만드는 욕심들도 잠시 내려놓게 된다.

Part 3.

집밥, 나를 돌보는 가장 확실한 기술

Chapter

1

가장 용기 있는 자립의 시작,
채소 집밥

여덟 살 때였다. 학교를 마치면 남은 일과는 놀기였다. 나는 동네 친구 선우와 오후 시간을 대부분 함께 보냈다. 둘 다 부모님이 맞벌이를 하셨고, 어린 남동생을 돌보고 있다는 점에서 처지가 비슷했기 때문이다. 놀이터와 서로의 집을 번갈아 가며 놀다가 배가 고프면 식탁 위에 놓인 토스트를 데워 먹거나 엄마가 화장대 서랍에 넣어둔 비상금으로 과자를 사 먹곤 했다.

　　　　　가장 용기 있는 자립의 시작, 채소 집밥

그날은 선우네 집에서 늦게까지 놀고 있었다. 어린이집이 끝나 데려온 선우의 다섯 살쯤 된 동생과 함께. 날은 이미 어둑하게 저물었는데 집에서 전화가 오지 않는 걸 보니 아직 엄마나 아빠가 집으로 돌아오지 않은 것이 분명했다. 이미 간식은 다 먹은 뒤라 점점 배가 고파왔고, 뭐라도 먹을 게 없을까 고민하던 차에 갑자기 선우가 "내가 맛있는 거 해줄게" 하며 자신 있게 부엌으로 향했다.

친구가 알려준 새로운 세계

선우는 가스레인지 앞에 서서 바가지를 뒤집더니 그 위에 올라 섰다. 그러고는 가스 밸브를 돌린 다음 따다다닥 소리와 함께 가스레인지에 불을 켰다. 나는 깜짝 놀랐다. 우리끼리만 있는데 불을 켜도 되는 건지, 혹여나 무슨 일이 생기는 건 아닐지 걱정이 되었다. 초등학생 1학년에겐 가스불이나 칼 같은 것은 절대로 허락되지 않는 금기와도 같았기 때문이다.

나는 두려움 반 그리고 약간의 호기심 반으로 선우를 지켜보았다. 하지만 적극적으로 선우를 말리지는 않았다. 지금 우리들의 배고픔을 해결해줄 사람은 선우가 유일했기 때문이다.

선우는 냉장고에서 계란 세 개와 찬밥을 꺼냈다. 그러고는 달궈진 팬 위에 무거운 식용유 통을 들어 살짝 붓고는 계란을 팬의 가장자리에 '톡' 쳐서 깨트려 팬에 넣었다.

"엄마가 이렇게 하는 거 봤어."

선우는 여러 번 지켜보았고 생각보다 어렵지 않다며 뭉툭한 뒤집개로 계란을 뒤적거렸다. 지글거리는 소리와 함께 뜨거운 열에 계란이 점점 하얗고 노랗게 응고되며 고소한 냄새를 풍기기 시작했다. 해가 지고 차가워진 집안 공기에 계란 스크램블이 따뜻하게 익어가는 냄새가 가득 찼다. 나는 왠지 안심이 됐다. 선우는 뒤집개로 여러 번 계란을 휘젓고는 찬밥을 넣고 함께 볶기 시작했다. 단지 뒤집개를 왔다 갔다 할 뿐이었지만 선우는 정말 요리를 하고 있었다. 그때의 선우는 내가 아는 사람 중 가장 용감하고 멋있어 보였다.

마지막으로 간장을 여기저기 조금씩 흩뿌리고는 고슬고슬하게 볶아진 밥과 계란 스크램블을 뒤섞

                    가장 용기 있는 자립의 시작, 채소 집밥

었다. 금세 완성된 볶음밥에 걱정은 순식간에 잊어버리고 그새 군침이 돌았다. 프라이팬째 상에 옮기고는 셋이 머리를 맞대고 숟가락으로 볶음밥을 먹었다. 김이 모락모락 피어나는 따뜻하고 고소한 볶음밥이 어찌나 맛있던지. 식은 빵이나 과자로 배를 채우던 날들과는 비교할 수 없는 무언가가 있었다. 게다가 어른의 도움 없이 스스로 따뜻한 무언가를 만들어 먹었다는 사실이 나를 설레게 했다. 새로운 세계를 마주한 것 같은 충격이었다. 배고픈 친구와 동생을 위해 금기의 공간으로 용감하게 걸어 들어가 가스불을 켜고 계란볶음밥을 만들던 선우의 모습이 지금까지도 선명하다.

그날의 계란볶음밥은 단순히 배고픔을 달래주었던 한 끼가 아닌, '해 먹는 일'이란 것을 경험한 최초의 순간이었다. 요리는 위험한 일이 아니라, 나를 돌볼 수 있는 가장 멋진 능력이라는 걸 그때 깨달았다.

스스로 밥을 짓고 나를 먹이는 일

그날 이후 나의 세계는 달라졌다. 나도 엄마가

부엌에서 하는 일들을 유심히 관찰하기 시작했다. 가스 밸브는 어떻게 켜고 끄는 것이며 불 조절은 어떻게 하는지, 칼질은 어떻게 하는지. 또 양념들은 어디에 두는지 샅샅이 모든 과정을 눈에 담았다. 그렇게 익힌 방법들을 기억해두었다가 나도 선우가 만들던 방법 그대로 계란볶음밥을 만들어 동생과 나누어 먹었다. 볶음밥으로 시작해 계란프라이를 하고, 국을 데워 먹거나 라면도 끓일 줄 알게 되면서 점점 먹을 수 있는 것들이 늘어났다. 이 정도만 익혀도 초등학생의 오후 간식 사정은 한결 나아졌다. 무엇보다 엄마가 없거나 용돈이 다 떨어져도 배가 고프면 언제든지 내게 음식을 먹일 수 있다는 사실이 기뻤다. 왠지 모르게 안도감과 자신감이 생겼다. 돌이켜 보면 단순히 불을 켜는 방법을 알게 된 것보다 스스로 무언가를 해 먹을 수 있다는 사실이 내게 더 큰 의미를 주었다. 나는 선우를 통해 '자립'을 맛본 것이다.

집밥을 해 먹는 일. 스스로 밥을 짓고 나를 먹이는 것은 '자립'과 연결되어 있다. 누군가가 차려준 밥을 수동적으로 먹는 것과 내가 원하는 것을 내

                                    가장 용기 있는 자립의 시작, 채소 집밥

손으로 만들어 먹는 것은 전혀 다르다. 스스로 밥을 해 먹는다는 것은 주체적인 존재가 되는 길로 향한다. 누군가의 취향으로 만들어진 무언가를 소비만 하다가 처음으로 내가 원하는 것을 만들고 먹고 치우기 시작할 때, 비로소 나는 나일 수 있게 된다. 야생의 동물들이 독립하는 순간부터 스스로 먹이를 구하듯, 인간에게도 스스로 밥을 지어 먹는 기술은 생존의 가장 기본적이고 필수적인 조건이다.

그러나 현대 사회의 인간은 다른 누군가에게 먹고 사는 일을 위탁한다. 시간이 부족하다거나 요리에 능숙하지 못하다는 이유로. 그러나 정말 그것 때문일까? 어쩌면 내 삶을 지탱하는 가장 기본적인 행위들을 누군가가 대신 해결해주기를 바라는 마음이 있는 것은 아닐까? 그래서인지 나는 잘하든 못하든 스스로 밥을 지어 먹는 사람에게 깊은 호감을 느낀다.

집밥을 해 먹기 위한 사사로운 과정들

분명 '요리'와 '집밥'은 다르다. 집밥은 재료를 구하는 것부터 요리하고, 먹고, 모든 것을 말끔하게 치우는 과정까지 모두 포함한다. 처음 나만의 공간에서 모든 끼니를 해 먹기 시작했을 때 얼마나 많은 사사로운 결정과 행위들을 해야 하는지를 경험하고 깜짝 놀랐던 기억이 있다. 조리 공간 구석구석을 닦고 싱크대를 청소하는 일들까지. 엄마와 함께 살았을 땐 몰랐던 일들에 익숙해지기까지 꽤 오랜 시간이 걸렸다.

지금처럼 식사를 해결할 수 있는 다양한 방법이 존재하는 시대도 없을 것이다. 외식은 기본이고, 손가락 하나면 조리와 배달이 동시에 해결되는 배달앱부터 반찬 가게, 밀키트, HMR, 구독 서비스까지. 나를 대신해서 밥을 해줄 수 있는 수많은 옵션을 뒤로하고 나는 1년의 대부분의 식사를 내 손으로 지어먹는다.

나에게는 '집밥'이 기본값이다. 퇴근하고 집에 와서도 무언가를 볶거나 끓여서 밥을 해 먹고, 특별한 일정이 없는 한 도시락을 싸서 다닌다. 10년 넘게 반복적으로 하다 보니 일상이 되었다. 그러나 그 과정이 쉽지만은 않았다. 수만 번의 흔들리는 순간들을 접하고 고민하며 지금의 삶의 양식을 만들어 왔다.

　　　　　가장 용기 있는 자립의 시작, 채소 집밥

9년 전 어느 겨울날, 불현듯 청포묵을 먹고 싶어서 녹두 가루를 사 왔다. 퇴근 후 집에 와 냄비에 물과 녹두 가루를 담고 천천히 저어주었다. 식당에서 반찬으로만 먹었던 탱글탱글한 청포묵의 질감이 되기까지 한참을 젓는 과정을 반복하며 냄비 앞에 서 있었다. 자동으로 반복하는 손과 반대로 머릿속으로는 미처 퇴근하지 못한 일의 잔재들이 복잡하게 날뛰고 있었다. 당시 나는 업무에 복잡한 상황이 얽혀 있어서 마음 편히 잠들고 먹기 힘든 시기를 보내고 있었다. 어쩌면 그랬기 때문에 청포묵이라는 생소하고도 손이 많이 가는 요리를 굳이 시도하려고 했는지도 모른다. 복잡하고 손이 많이 가는 요리만큼 숨기 좋은 장소도 없으니까.

점점 머릿속의 일들이 가득 차서 압력이 높아질 때쯤 문득, 아무것도 해결된 게 없는데 청포묵이나 쑤고 있는 내가 밑도 끝도 없이 한심하게 느껴졌다. 왜 이렇게까지 해서 먹고 살아야 하나 싶은 부정적인 생각들이 사무치며 결국 무너져버렸다. 나는 바닥에 주저앉아 엉엉 울고야 말았다.

'왜 이렇게까지 하는 걸까?'라는 질문은 평상시에도 나를 따라다녔다. 야근을 한 다음 날에도 케일 쌈밥이나 양배추 쌈밥으로 도시락을 챙겨 가면 동료들은 항상 내게 "대단하다"라고 말했다. 분명 좋은 의도로 한 말이지만 나는 그 말을 온전히 칭찬으로 받아들이지 못했다. 나조차도 그 이유를 몰랐기 때문이다. 아니, 어쩌면 답을 찾는 일을 미루고 있었는지도 모른다. 하지만 바닥에 주저앉은 그 순간, 나는 더 이상 그 답을 피할 수 없게 되었다.

실컷 울고 나니 거짓말처럼 배가 고팠다. 나는 엉겨 붙어가는 청포묵을 다시 재빠르게 저은 뒤 반찬통에 담가 찬물에 식혔다. 묵을 길게 썬 다음 소금, 참기름, 김 가루를 넣고 조물조물 무쳐 한입 먹어보았다. 어이없게도 너무 맛있어서 헛웃음이 났다. 그렇게 청포묵 무침과 밥 한 그릇을 비우고 나니 정신이 퍼뜩 들었다.

결국 무너진 나를 일으켜 세운 건, 다른 누구도 아닌 내 손으로 지은 밥이었다. 배고픈 친구와 동생을 위해 용감하게 가스불을 켜던 여덟 살의 선우. 그때 선우가 맛 보여준 따뜻한 마음이 서른 살의

　가장 용기 있는 자립의 시작, 채소 집밥

무너진 나를 다시 세운 것이다. 선우가 친구를 위해 용기를 냈던 것처럼 나 또한 삶을 포기하지 않겠다는 마음으로 밥을 짓고 나를 먹이고 있었다.

나는 내 입맛을 가장 잘 아는 요리사

그때의 청포묵 사건은 '굳이'라는 질문의 답을 찾는 데에 속도를 붙이게 했다. 내가 집밥을 해 먹는 첫 번째 이유는 누구보다 내 입맛을 잘 아는 요리사는 나이기 때문이다. 염도, 당도, 익힘의 정도까지. 내 취향에 딱 맞는 밥상은 오직 나만이 차릴 수 있다. 내가 원하는 간으로, 신선한 채소와 질 좋은 기름으로 만든 요리는 먹는 순간에도 즐겁고 먹고 나서도 편안하다.

게다가 내 입맛의 세부적인 맛의 정도를 찾아가는 과정은 곧 나라는 사람을 깊이 탐구하는 과정과도 연결되어 있다. 밥을 해 먹는 매 순간 내가 무엇을 더 선호하고 좋아하지 않는지에 집중하다 보면 '나'라는 사람에 대해 조금은 알게 된다. 그런 의미에서 나에게 집밥은 나를 탐구하는 가장 좋은 도구였다.

또한 집밥은 균형 잡힌 삶을 위한 가장 확실한 토대다. 외식할 땐 의외로 균형 잡힌 식사를 하기가 어렵다. '맛'에 치중된 요리들은 주로 탄수화물과 강한 소스가 주를 이루고, '건강'에 치중되어 있으면 포만감이 덜하거나 맛의 만족감이 부족해서 결국 무언가를 더 먹게 된다. 그러나 집에 양질의 제철 채소와 식재료를 갖춰둔다면 매 끼니 영양균형이 갖춰진 식사를 할 수 있다. 메뉴에 채소가 부족하면 생채소를 씻어 곁들이고, 단백질이 부족하면 삶은 콩이나 두부를 곁들인다. 영양의 균형이 잡히면 몸도 마음도 덜 흔들려서 폭식하거나 야식을 먹거나 간식을 찾는 일이 줄어든다. 균형 잡힌 식사를 하면 아침에는 가뿐하게 일어나고 점심을 먹은 뒤에도 졸리지 않으며 밤에도 편안하게 잠들 수 있다. 균형 잡힌 삶의 시작은 균형 잡힌 식사에서 온다. 건강한 삶의 양식을 유지하는 일은 매일 무엇을 먹는가에 달려 있다.

마지막으로 집밥은 식비를 절감하는 효과도 있다. '채소 집밥'이기 때문에 식비가 더 적게 들 수도 있다. 외식이나 배달 두 번 지출할 비용이면 일주

 가장 용기 있는 자립의 시작, 채소 집밥

일 동안 먹을 채소를 살 수 있고, 단백질은 콩 원물이나 콩 가공식품으로 쟁여두면 고기보다 오래 보관할 수 있다. 내가 유일하게 사치하는 것은 과일이다. 나는 제철 과일은 반드시 유기농으로 산다. 유기농 과일은 맛과 향도 훨씬 짙고 강할뿐더러 지구 환경에도 이롭다. 이렇게 원하는 채소와 과일을 갖춰둔다고 해도 배달이나 외식으로 식사를 해결할 때보다 체감상 50%는 줄일 수 있다. 최소한의 비용으로도 건강하게 먹고 살아갈 수 있다는 사실은 생각보다 인생에 큰 영향을 미친다. 무리해서 일하지 않아도 유지할 수 있는 삶의 방식이기 때문이다.

내 일상의 동반자, 채소 집밥

내 입맛에 가장 잘 맞고 균형 잡힌 식사가 가능하며, 유지하는 데에도 비용이 많이 들지 않는다는 점에서 나는 '집밥'을 계속 이어 나가고 있다. 그렇다고 해도 이 모든 요소가 결정적인 이유는 아니다. 결국 더 나은 방식이 있다고 해도 나는 밥 해 먹는 일을 멈추지 않을 것임을 알고 있기 때문이다.

이러한 실용적인 이유보다 더 중요한 건, 집밥이

삶을 주체적으로 살아가는 방식이어서다. 밥을 직접 해 먹는 것만큼 내 삶을 주체적으로 살고 있다는 감각을 느낄 수 있는 수단은 없다. 삶을 감각하게 하는 수단. 사람마다 모두 각자의 양식과 방식이 있겠지만 내게는 그게 집밥이다.

집밥과 함께 나는 '채소'를 일상의 동반자로 들였다. 채소를 일상에 들이면 부엌에 머무는 시간은 필연적으로 늘어난다. 그리고 그것은 흙을 털어내고, 다듬고 데치는 번거로운 과정들을 동반한다. 그럼에도 바로 그 수고로움 때문에 나는 '채소 집밥'을 선택했다. 대부분의 시간을 실내에서 보내는 현대인의 삶에서, 제철의 채소만큼 계절을 온전히 느낄 수 있는 방식은 없기 때문이다. 순간적으로 나타났다가 사라지는 제철 채소는 계절 사이로 촘촘하게 놓인 절기의 변화까지 감지하게 한다. 게다가 채소는 늘 살아 있다. 냉장고 속에서도 '살아 있음'의 에너지로 꽉 채워져 있다. 잘린 무도 물에 담가두면 무청에서 새잎이 돋아나고, 파 뿌리도, 양배추도, 말린 콩도, 물에 담가두면 다시 새순을 틔우고 생명을 뻗어나간다. 살아 있는 것들로 채워진 하루의 양

     가장 용기 있는 자립의 시작, 채소 집밥

식은 고요하고 차분하지만 에너지로 가득 차 있다.

떠나보면 그것의 가치를 가장 잘 깨닫게 된다고 한다. 밥 해 먹는 즐거움이 사라진다면 내 삶의 채도도 흐릿해질 것 같다. 아무리 화려한 미식을 풍족하게 즐긴다고 해도, 집에서 슴슴하게 끓인 배추 된장국을 먹을 수 없다면 나는 슬플 것 같다. 아무리 최고의 미식을 가져온다고 해도, 채소가 빠진 식사는 우울하다. 그래서 나는 해외여행을 갈 때도 요리를 할 수 있는 게스트하우스나 에어비앤비를 꼭 일정에 넣는다. 낯선 곳에서도 나를 먹이는 즐거움과 과정을 멈추고 싶지 않다. 게다가 현지에서만 구할 수 있는 채소와 식재료로 요리를 해 먹는 일만큼 그 나라를 가장 깊이 경험하는 방법도 없을 것이다.

선우로부터 시작된 나의 집밥은 계절을 담은 '채소 집밥'으로 진화해, 어느새 내 삶의 중요한 양식으로 자리 잡았다. 나를 지탱하는 가장 단단한 뿌리가 되어 일상을 지키고 있다.

이 글을 읽고 나서 가장 처음 '집밥'이란 걸 온전히 경험한 순간이 언제였는지 떠올려보았으면 좋겠다. 만약 없다고 해도 괜찮다. 오늘부터 시작하면 되니까. 이 글을 읽고 있는 누군가에게 이 책이 '선우'가 될 수 있기를 바란다. 배달 앱을 끄고 가스레인지의 불을 켜는 그 작은 용기가 삶을 어떻게 바꿀지 기대해봐도 좋다. 이제부터 나는 실패 없이, 더 맛있게, 그리고 지치지 않고 나를 돌볼 수 있는 채소 집밥의 비법들을 아낌없이 나누고자 한다.

　　　　　가장 용기 있는 자립의 시작, 채소 집밥

모든 맛의 출발점,
소금과 간장

두툼하게 찐 애호박에 소금을 살짝 더한
웜 샐러드. 과한 양념 없이도
짭짤한 소금간과 애호박의 달큰한 채즙이
입안에서 촉촉하게 어우러진다.

애호박 웜 샐러드

소금, 요리의 밑바탕을 그리다

본격적으로 집밥을 시작하려 한다면 가장 먼저 강조하고 싶은 것은 바로 '간'이다. 개인적으로도 간을 잘 맞추기 시작한 시점부터 내가 만든 요리가 맛있다고 스스로 느끼기 시작했다. 간을 맞추는 용도의 양념은 다양하지만 역시 간 맞추기의 중심에는 '소금'이 있다. 간장, 된장, 고추장, 조미료 모두 짠맛을 낼 수 있지만 결국 조리에서 가장 폭넓게 활약하는 것은 소금이다.

솔직히 고백하자면 나는 소금 쓰는 것을 두려워했었다. 밖에서 먹는 음식들은 대체로 간이 세기 때문에 왠지 집에서 해 먹는 밥은 최대한 싱겁고 달지 않게 먹어야 한다는 강박 아닌 강박이 있었기 때문이다. 그렇게 만든 요리는 항상 어딘가 부족했다. 요리를 마무리하는 순간에 이것저것을 더하다가 결국 모자란 맛으로 만든 음식들을 숙제처럼 먹고는 했었다.

소금이 중요하다고 깨닫게 된 계기는 베이킹을 시도하면서부터다. 퇴사 후 삼시 세끼를 집에서 해결하며 베이킹까지 손을 뻗었는데, 바게트 레시피에 들어가는 소금의 양을 보고 깜짝 놀랐다. 빵에 소금을 넣는다는 사실이 어색해서 레시피보다 소금을 훨씬 줄여 만들었다. 결과는 참담했다. 빵이라기보다는 밀가루 반죽을 뭉쳐 익힌 맛이었다. 고소한 빵의 풍미보다는 생밀가루 향만 가득하고 식감도 좋지 않았다.

그때 처음 깨달았다. 소금이 요리에서 얼마나 중요한 역할을 하는지. 빵을 만들 때 소금은 글루텐

   모든 맛의 출발점, 소금과 간장

형성을 돕고 밀가루 특유의 쓴맛이나 잡내를 없애
며 풍미를 끌어올리는 역할을 한다. 소금을 넣는다
고 해서 짠맛이 나는 빵을 만드는 게 아니다. (그러
나 소금을 많이 넣은 빵은 싱거운 빵만큼이나 형편없다.)
짠맛이 느껴지지 않을 정도, 딱 그만큼의 소금이 재
료의 맛을 살리는 기본이 된다. 그림을 그릴 때 캔
버스에는 젯소를 칠하고 한지에 아교 반수를 하듯
이 소금은 요리의 밑바탕을 까는 작업인 것이다. 바
탕이 탄탄해야 그 위에 맛의 층위를 안정적으로 쌓
아올릴 수 있다. 베이킹에서 혹독히 배운 경험을 바
탕삼아 요리할 때마다 소금을 사용하는 법을 연습
했다.

채소가 매력적으로 변하는 순간

빵뿐만 아니라 김밥에서도 밥에 소금 간을 하고
안 하고의 차이는 컸다. 밥부터 시작해서 김밥에 들
어가는 모든 재료에 간을 한 이후로 집에서 만든
김밥이 훨씬 맛있어졌다. 딱 밖에서 파는 맛있는 김
밥 맛이 되었다. 별로 든 게 없는데도 이상하게 맛
있는 김밥집들의 비결도 '간'에 있다. 당근을 볶을

때도 맛소금을 살짝 첨가하면 줄 서서 먹는 유명 김밥집과 비슷한 맛이 난다. 소금을 쓸 때 가장 중요한 건 소금의 양이다. 김밥 속에 들어가는 모든 재료는 나물보다 싱거운 정도로만 간을 한다. 밥에도 짠맛이 느껴지지 않을 정도로 소금을 살짝 넣고 고르게 비벼둔다면, 간을 하지 않았던 김밥과는 맛의 차원이 다를 것이다.

소금을 활용하는 순간부터 요리가 훨씬 재미있어졌다. 모든 채소의 장점을 발굴하는 작업 같았기 때문이다. 특히 토마토나 열무는 물론이거니와 모든 채소는 소금을 만나면 매력적으로 바뀐다. 특히 쓴맛이 강한 치커리도 가는소금과 약간의 참기름을 두르면 환상적인 샐러드가 된다. 소금 덕분에 치커리의 쓴맛 뒤에 숨어 있던 단맛이 동시에 느껴지는데, 이 맛의 조화가 입맛을 제대로 돋운다. 항상 겉절이에 조금씩 들어간 치커리 말고 본연의 쌉싸름함을 가장 근사하게 맛보는 방식이라, 나는 정기적으로 받는 채소 박스에 항상 치커리를 담는다.

애호박도 소금과 만나면 새로운 면모를 발견할 수 있다. 애호박을 숭덩숭덩 썰어서 찜기에 찐 다음

　　　　　　　모든 맛의 출발점, 소금과 간장

소금, 참깨, 올리브유에 버무리면 정말 맛있는 웜 샐러드가 된다. 이 위에 굵은소금을 살짝 뿌려 먹으면 달큼한 애호박즙이 팡팡 터지면서 박수가 절로 나오는 수준급 샐러드가 된다. 비슷한 방식으로 당근 웜 샐러드를 만들어도 맛있다. 찜과 소금의 조합이야말로 애호박, 당근 본연의 맛을 가장 순수하게 맛볼 수 있는 방식이다.

소금은 재료 본연의 맛을 극대화할 뿐만 아니라 요리 전체의 완성도도 높이는 데 큰 역할을 한다. 볶음면이나 파스타를 만들 때도 채소를 볶는 과정마다 소금을 넣어주면 전체적인 간의 균형이 훨씬 안정적이다. 채소를 굽기 전에는 소금을 살짝 뿌린 다음 빠져나온 수분과 소금을 털어낸 다음 굽는다. 단지 소금만 뿌렸을 뿐인데도 채소의 쓴맛은 사라지고 채소 본연의 풍미나 감칠맛이 확 올라온다. 특히 가지, 애호박, 버섯처럼 조리하면서 수분이 많이 빠져나오는 채소가 유독 맛있다. 유명 셰프가 '채소의 익힘 정도와 간을 중요하게 여긴다'고 말하는 것을 보고는, 나름 내가 제대로 간을 맞추려 하고 있구나 싶어 안심되기도 했다.

소금으로 층층이 간을 쌓는 파스타

소금을 쓴 이후로 가장 만족도가 상승한 요리는 역시 파스타다. 파스타만큼 집밥에서 자주 먹는 메뉴도 없을 것이다. 시판 파스타 소스를 쓰지 않으면 항상 뭔가 부족한 맛이 나는 경우가 많은데, 소금만 잘 사용해도 훨씬 맛있는 파스타를 만들어 먹을 수 있다. 소면과 다르게 파스타에는 소금이 들어 있지 않다. 그렇기에 파스타 면을 삶을 때는 꼭 소금을 넣어야 한다. 소금이 글루텐 형성을 도와 면의 탄력을 높이고 면이 쉽게 퍼지는 것을 방지하며 면 자체에도 간이 배어 맛있어진다. 소금이 녹아 있는 면수는 소스를 만들 때 넣으면 에멀션 작용으로 인해 소스가 크림처럼 만들어지고 간이 고루 배어 파스타의 완성도를 높여준다.

올리브유에 마늘을 볶아 향을 내는 첫 단계에서도 소금을 넣는다. 마늘의 맛있는 향과 성분들이 극대화되기 때문이다. 보통 파스타 소스에 간이 되어 있기 때문에 면을 삶거나 채소를 볶을 때 굳이 소금을 넣어야 하나 생각할 수도 있다. 그러나 재료 하나하나에 밑간이 배어 있지 않으면 균형이 깨져서 뭔가 아쉬운 맛이 나고, 결국 소스만 계속해서 추가하기 일쑤다. 간이 배지 않아 싱겁게 느껴지는 것을 소스만 더 붓는다고 해결할 수는 없다. 오히려 전체적인 균형이 무너져 맛의 완성도가 떨어진다. 그러니 면을 삶거나 마늘 기름을 낼 때, 채소를 볶을 때 소금을 살짝만 첨가해보자. 층층이 간이 쌓이면서 파스타의 맛은 확연히 달라진다.

중요한 것은 짠맛을 느끼기 위해 소금을 추가하는 게 아니다. '맛있음'의 기본 바탕을 만들기 위한 적정량의 소금을 적절한 타이밍에 활용하는 것이다. 파스타를 기준으로 적절한 소금의 양은 물 1L당 소금 10g, 즉 밥숟가락으로 평평하게 한 스푼 정도가 적당하다.

소금을 잘 고르는 방법

그렇다면 어떤 종류의 소금을 써야 할까? 소금의 종류는 다양하지만 주로 가장 많이 쓰이는 것은 천일염, 정제 소금(구운 소금, 꽃소금), 암염(히말라야 소금) 정도다. 바닷물을 증발시켜 만든 천일염은 미네랄을 함유해 짠맛이 덜하고 입자가 굵다. 입자가 크기 때문에 간도 천천히 밴다. 그러므로 국을 끓일 때 천일염을 쓴다면 약간 싱겁다 싶을 때 멈춰야 먹을 때쯤 간이 딱 맞는다. 천일염은 미네랄 덕분에 짠맛 외에도 미세한 단맛이나 풍미가 나기도 한다. 히말라야 소금도 천일염과 마찬가지로 미네랄이 풍부하다.

반면 정제된 꽃소금이나 가는소금은 직관적인 짠맛을 낸다. 입자가 고와서 무침이나 볶음 요리에 쓰면 바로 간이 밴다. 또 천일염처럼 간수가 나오지 않아 보관하기에도 편하다. 감칠맛을 함께 추가하고 싶다면 맛소금을 쓰는 것도 나쁘지 않다. 맛소금은 정제염에 MSG가 코팅된 것인데 소량으로도 감칠맛을 빠르게 올려주기 때문에 바쁜 집밥 생활에 요긴하다. 센불에 빠르게 채소를 볶는 요리나 무침 요리에 좋다. 특히 맛소금은 소비기한도 정해져 있지 않아서 보관도 편리하다. MSG라는 말에 거리감을 느끼고 천연 재료만 사용하던 시절도 있었지만, 바쁠 때는 보관하기 쉽고 직관적으로 짠맛을 내며 단시간에 풍미를 올려주는 맛소금도 종종 활용한다. 조리 시간을 단축해주고 무엇보다 맛의 결과물

모든 맛의 출발점, 소금과 간장

을 어느 정도 보장해준다는 점에서 효율적이다.

다시 한번 강조하자면 소금을 넣는 것은 짜게 먹기 위함이 아니다. 식재료 본연의 맛을 끌어올리고, 전반적인 간의 균형을 맞추기 위한 밑 작업이다. 소금의 양은 아주 조금씩부터 시작해서 짠맛이 느껴지지 않을 정도가 적당하다. 여러 번 하다 보면 나에게 맞는 소금의 양을 찾을 수 있을 것이다. 이제 두려워하지 말고 소금을 조금씩 사용해보자. '모든 재료의 기본은 소금', 이 공식만 기억해도 집밥의 절반은 성공이다.

간장, 깊은 맛을 내는 풍미의 마법

간장은 마법 같은 재료다. 따끈한 밥에 간장, 참기름만 비벼 먹어도 환상적인 맛이 나니까. 간장은 콩을 발효시킨 메주를 소금물에 담가 만든 어두운 색의 액체 조미료다. 간장을 만드는 과정을 천천히 살펴보면 미생물이 부린 마법이나 다름없다. 긴 시간 미생물 발효와 숙성을 거치며 짠맛뿐만 아니라 콩 단백질에서 비롯된 감칠맛과 단맛, 그리고 복합적인 풍미까지 한꺼번에 머금고 있다.

마트에서 흔히 보는 간장은 산분해 간장과 양조 간장을 섞은 혼합간장(진간장 등)이 많다. 전통 방식의 한식 간장은 만드는 과정이 까다롭고 가격도 비싸지만, 그만큼 깊고 복합적인 풍미를 낸다. 그러나 전통 간장은 만드는 곳마다 염도나 맛이 모두 다르므로 집밥 초보자가 간을 맞추기에는 쉽지 않다. 집밥을 이제 막 시작했다면 균일한 맛을 내는 마트표 간장으로 시작해도 충분하다.

간장의 가장 큰 역할은 요리에 '풍미'를 더하는 것이다. 단순히 짠맛을 내는 것을 넘어 감칠맛과 향을 입힌다. 볶음이나 조림 요리에 넣으면 먹음직스러운 색감도 더해준다. 특히 볶음 요리를 할 때 재료를 프라이팬 한쪽으로 몰고 빈 공간에 간장을 넣어 보글보글 끓인 다음 재료와 섞는 방법으로 조리해보자. 불에 그을린 간장은 감칠맛과 풍미가 훨씬 깊다. 이 비법을 활용하면 팽이버섯과 마늘만 넣고도 마치 버터를 듬뿍 넣은 듯한 꽉 찬 풍미의 볶음밥이 완성된다. 또 고춧가루 양념을 만들 때 미리 간장에 섞어두면 고춧가루가 간장의 수분을 머금고 불어나면서 맛이 어우러져 깊은 맛을 낸다. 발효

 모든 맛의 출발점, 소금과 간장

과정에서 생성된 구아닐산과 글루탐산 덕분에 묘하게 해산물 같은 감칠맛이 돌아 비건 요리에 풍미를 채워주기도 한다. 데리야키 소스, 우나기 소스, 우스터 소스, 탕수육 소스, 돈가스 소스에도 간장은 필수다. 그만큼 간장은 맛의 세계에서 다양한 변신을 거듭하며 즐거움을 준다.

주로 마트에서 보이는 간장은 크게 세 가지로 나눌 수 있다. 양조간장, 진간장, 조선간장(국간장)이다. 콩과 밀을 발효시켜 만든 간장은 양조간장이다. 무침, 양념장, 만두를 찍어 먹을 때도 두루 넓게 쓰인다. 진간장은 양조간장보다 짠맛이 덜하고 단맛과 감칠맛이 강해서 주로 볶음, 조림에 사용한다. 조선간장과 국간장은 색이 옅고 짠맛이 가장 강하며 구수한 향이 난다. 국물 요리나 나물 무침의 색을 해치지 않으면서 간을 맞출 때 쓴다.

진간장 하나로도 충분한 레시피

사실 이 모든 간장을 다 갖출 필요는 없다. 아주 섬세한 요리를 하는 것이 아니라면 진간장 하나로도 충분하다. 볶음, 조림은 물론이고 식초나 설탕을 섞어 소스로 쓰기에도 무난하다. 나 역시 본격적인 집밥을 시작하고 여러 해 동안 진간장 하나로 온갖 집밥을 해 먹었다. 처음부터 여러 종류의 간장을 동시에 사두면 결국 손이 안 가는 간장은 처치 곤란이 된다. 가장 활용도 높은 간장 하나를 선택해 남김없이 쓰는 편이 낫다. 식재료뿐만 아니라 양념도 방치되어 버리는 것도 집밥의 흥미를 떨어트리는 요소 중 하나이다. 집밥이 익숙해지고 더 넓은 집밥의 맛을 경험하고 싶을 때 간장의 종류를 하나씩 늘려가도 늦지 않다.

진간장을 쓸 때 유일하게 아쉬운 점이 있다면 바로 국을 끓일 때다. 색이 진해 많이 넣으면 국물이 탁해진다. 우동을 끓여 먹다가 간이 약해서 진간장을 계속 추가했더니 갈색 국물이 된 적이 있었다. 진간장만 있을 때 간장을 넣은 국을 끓인다면, 간장은 레시피보다 조금 줄이고 소금이나 다른 조미료, 혹은 설탕을 넣어 간을 맞춘다. (설탕도 모자란 간을 맞춰주는 재료 중 하나다.) 주로 우동, 미역국, 떡국, 뭇국과 같은 맑은 요리가 진간장으로 맛을 내기가 어려웠다.

　　　　　　　　모든 맛의 출발점, 소금과 간장

진간장은 풍미만 살짝 더할 뿐 소금이나 조미료로 간을 맞춘다면 국 요리도 어렵지 않을 것이다. 만약 국 요리를 자주 끓여 먹기 시작하고, 집에서 겉절이나 김치를 담글 정도의 레벨이 되었다면 그때는 부담 없이 국간장을 들여보자. 훨씬 깊은 풍미의 집밥을 경험할 수 있을 것이다!

나만의 간을 찾는 집밥의 묘미

간을 맞추는 것은 사실 굉장히 어려운 작업이다. 모두가 다른 입맛을 가지고 있다. 누군가는 특정 맛을 훨씬 더 예민하게 느끼고, 어떤 맛에는 둔감하다. 같은 요리를 먹고도 누구는 짜게 느끼고, 어떤 사람은 싱겁다고 느낀다. 그러므로 여기에 나와 있는 간으로 제시하는 것은 순전히 내 입맛에 맞춘 것이다. 채소로 요리해 먹는 내게는 채소 200g을 기준으로 소금은 1.5g~2g(찻숟가락 기준으로 1/2 ~ 2/3작은술), 간장은 10g~15g(밥숟가락으로 1큰술 ~1.5큰술) 정도가 알맞았다. 볶음면이나 양념장을 만들 때도 이 기준을 크게 벗어나지 않는다.

집밥의 묘미는 여기에 있다. 내가 가장 이상적이

라고 생각하는 간을 찾을 수 있다는 점이다. 소금이나 간장을 소량씩 첨가하다가 어느 순간에 딱 적당하다고 느끼는 순간에 멈춘다. 그리고 그때 들어간 재료와 양념의 양을 눈대중으로 기억해둔다. 내게 맞는 간을 기억해두면 요리가 한결 편해진다. 간부터 맞춘 다음 다른 양념에 손을 대보자. 그런 후에 다른 양념들도 함께 활용하다 보면 훨씬 입체감 있는 집밥을 만들 수 있을 것이다.

모든 맛의 출발점, 소금과 간장

집밥의 격을 높이는
된장과 들기름

잘게 썬 채소와 된장을 달달 볶은 뒤 밥과
함께 한 번 더 볶아내면, 씹을수록 구수하고
묵직한 풍미가 번지는 진짜 집밥 같은 맛.

된장 볶음밥

된장, 채소 집밥의 영혼을 채우다

처음 된장의 매력에 눈을 뜬 건 8년 전이었다. 매일 집밥을 해 먹으면서 요리가 일상이 되었을 무렵, 나는 자연스레 식재료 하나하나에 관심을 두게 되었다. 환경을 생각하며 친환경 재료를 고려했고 기본양념들도 로컬 식재료로 바꿔보기로 했다. 그렇게 처음 한살림 조합원이 되고 온라인에서도 친환경 플랫폼들을 이용하기 시작했다.

가장 먼저 바꾼 것은 된장이었다. 마트 된장 대신 국내산 콩으로 전통 방식을 고수해 만든 된장을 주문했다. 500g 유리병에 들어 있는 전통 된장. 당시 내겐 적지 않은 용량과 가격이라 꽤 오래 고민했지만, 그 작은 유리병에 담긴 된장이 나의 집밥 생활을 바꿔놓을 줄은 꿈에도 몰랐다.

전통 된장은 재료부터 단출하다. 제품 뒷면에 쓰여 있는 원재료를 살펴보면 국내산 백태콩, 소금, 물. 그게 전부다. 그 단순함 속에 얼마나 많은 사람의 손길과 미생물의 시간과 기다림이 응축되어 있었던 걸까.

뚜껑을 열어 숟가락으로 살짝 찍어 맛을 본 순간, 머릿속에 번개가 치는 듯했다. 평소에 먹던 된장과 차원이 달랐다. 색은 훨씬 짙고 짠맛도 강렬했지만, 그 뒤로 꽉 찬 감칠맛이 파도처럼 밀려왔다. 마트 된장의 들척지근한 단맛이나 뒷맛의 느끼함은 전혀 없었다. 냄새도 적당히 쿰쿰하며 구수하고 깊은 맛이 나서 굳이 끓이지 않고 지금 당장 오이 하나 찍어 먹어도 완벽할 것 같이 느껴졌다.

어떤 만남은 삶의 지평을 넓혀준다. 세상을 바라

     집밥의 격을 높이는 된장과 들기름

 특히 된장국을 끓일 때 감동은 배가 되었다. 무나 배추를 숭덩숭덩 썰어 넣고 된장 한 스푼 풀어 푹 끓였을 뿐인데 그 자체로도 아주 깊고 구수한 된장국이 되었다. 이전에 끓였던 된장국은 항상 뭔가 부족한 맛이 났던 터라 조미료나 부재료를 첨가하곤 했었다. 그러나 진짜 된장을 만난 후로는 맑은 된장국을 훨씬 더 자주 끓여 먹게 되었다. 봄에는 냉이, 여름에는 애호박과 양파, 가을에는 시래기, 겨울에는 배추나 시금치 등 들어가는 재료만 바꾸어가며 1년 내내 된장국과 함께했다.

지금도 뭘 먹어야 할지 모르는 날에는 무조건 된장국을 끓인다. 내게 된장국이란 언제든 돌아갈 수 있는 '영혼의 집'이나 다름없다.

미세하게 다른 맛을 찾아내는 재미

된장만 넣고도 깊고 구수한 맛의 된장국이 나는 원리는 간단하다. 콩을 발효시켰기 때문이다. 콩은 단백질 덩어리라 감칠맛을 내는 아미노산이 풍부하다. 다만 그냥 삶아 먹으면 우리 혀가 그 맛을 다

느끼지 못한다. 하지만 미생물이 콩을 발효시키는 과정에서 복잡하게 얽혀 있는 콩 단백질 분자를 잘게 쪼개놓는다. 이때 생성된 아미노산이 혀의 미뢰에 닿는 순간 우리는 드디어 '감칠맛'을 느낄 수 있다. 그냥 먹어도 감칠맛이 충분히 느껴지지만 오래 끓이면 단백질 구조가 더 분해되면서 맛 성분이 국물로 쏟아져 나온다. 그렇기 때문에 전통 된장은 오래 끓일수록 맛이 깊어진다. 반면 개량식 된장은 밀가루와 콩을 섞어 단기간에 발효시킨 뒤 살균 처리한 것이라, 오래 끓이면 오히려 맛과 향이 날아간다. 그래서 이미 완성된 맛을 내는 개량된장은 가볍게 끓이는 찌개에, 전통 된장은 뭉근하게 오래 끓이는 국에 잘 어울린다.

그때부터 나는 된장 탐험가가 되었다. 전국의 다양한 재래 된장을 맛보았다. 저마다 염도와 색, 향이 달랐다. 그중 내 입맛에 가장 완벽한 균형을 가진 된장을 찾아 정착했고, 지금까지도 그곳의 된장만을 먹는다. 재미있는 건 같은 곳에서 만들어진 된장이라 하더라도 해마다 된장의 맛이 미세하게 다르다는 점이다. 어떤 해는 색이 더 짙고, 어떤 해는

 집밥의 격을 높이는 된장과 들기름

쿰쿰함이 더하다. 마치 와인처럼 그해 날씨와 미생물이 빚어낸 자연스러운 변화마저 된장의 매력으로 다가왔다.

된장의 무궁무진한 활용법

된장의 가능성은 된장국에만 머무르지 않는다. 우유가 발효되어 치즈가 되듯, 콩 또한 미생물을 만나 감칠맛 덩어리가 되는 과정이 서로 닮아 있다. 된장은 동양의 치즈나 다름없지 않을까? 이런 관점으로 된장을 바라보면 활용법이 무궁무진해진다.

소스가 진득한 크림파스타에는 치즈가 필수로 들어간다. 치즈는 파스타에 감칠맛과 짭짤함을 더한다. 그렇다면 된장으로도 치즈를 넣은 듯한 소스를 만들 수 있지 않을까?

올리브유에 마늘, 양파와 함께 된장을 볶는다. 가지는 적당히 잘라 전자레인지에 돌려 익힌 후, 껍질을 벗겨내고 잘게 다진 다음 된장과 함께 볶는다. 이 과정에서 볶은 된장과 가지의 풍미가 극대화된다. 여기에 쿠민을 조금 첨가하면 된장의 쿰쿰함이 순식간에 이국적인 매력으로 진화한다. 삶은 파스타를 넣고 면수와 함께 저어주면 깊은 감칠맛의 파스타 완성. 한동안 이 '된장 가지 파스타'에 빠져서 도시락 메뉴로 고정하기도 했다. 주말에도 특별한 요리가 먹고 싶을 때 꼭 해 먹는 요리다. 토마토나 크림, 오일 파스타가 지겨워졌다면 꼭 한번 시도해보길 권한다.

된장을 활용하는 새로운 조리 방법은 '된장 볶기'다. 육류를 구울 때 마이야르 반응으로 풍미를 끌어올리듯, 된장도 기름에 볶으면 숨겨진 풍미가 폭발한다. 이 방식을 활용해서 끓인 된장찌개는 정말로 환상적이다.

냄비에 들기름을 두르고 된장 한 스푼을 넣고 달달 볶는다. 들기름이 보글보글 끓으며 된장이 기름과 열에 볶아졌을 때쯤 미리 썰어둔 채소들을 넣고 살짝 볶는다. 물을 자작하게 붓고 보글보글 끓인다. 채소들이 뭉근히 익으면 두부를 넣고 잠시 끓이다가 맛을 보고 소금으로 간을 맞춘다. 마지막으로 고춧가루까지 살짝 뿌려 마무리한다. 된장 볶는 과정만 추가되었을 뿐 고기나 해산물은 전혀 들어 있지 않는데도 묵직하고 깊은 맛의 된장찌개가 완성된다.

 집밥의 격을 높이는 된장과 들기름

된장찌개에 들어가는 채소들을 작게 썰어 된장과 함께 볶은 된장 볶음밥도 기가 막히게 맛있다.

지금도 된장은 내 부엌에서 가장 빨리 동나는 양념이다. 강된장, 된장 파스타, 된장국, 된장찌개, 된장 볶음밥, 나물무침. 혼자 사는 사람치고는 꽤 많은 양을 소비한다.

된장을 찾는 이유는 맛도 좋지만, 특유의 푸근함 때문이다. 고단한 날, 푹 끓인 된장국 한 그릇이면 하루의 긴장이 스르르 풀리며 마음까지 노곤해진다. 마치 유럽 사람들이 치즈피자를 찾는 것과 같은 이치다. 치즈에는 심리적 안정을 주는 '트립토판' 성분이 있는데, 사실 콩에도 트립토판이 풍부하다. 게다가 된장이 발효되는 과정에서 생성된 '가바'라는 물질이 뇌의 흥분을 가라앉히는 천연 신경 안정제 역할을 한다. 그러니 된장국은 내게 더할 나위 없는 '컴포트 푸드'다.

맛의 세계를 넓혀주고, 요리의 즐거움을 주며, 마음까지도 채워주는 된장. 이 투박하고 짭짤한 갈색의 덩어리들이 전하는 깊은 위로를 꼭 경험해보기를 바란다.

들기름, 묵직한 고소함이 전하는 울림

집에서 요리를 해본 사람이라면 누구나 찬장 한 구석에 참기름은 갖추고 있을 것이다. 하지만 들기름은 의외로 없는 집이 많다. 하지만 나는 단언컨대, 들기름이야말로 집밥의 격을 한 단계 높여줄 것이라 확신한다.

들기름에 처음 눈을 뜬 건 어느 겨울날이었다. 할머니 댁에서 집으로 돌아가려는데, 할머니가 막걸리 병만 한 페트병 가득 들기름을 담아주셨다. 엄마는 그 귀한 들기름을 초록색 소주병에 덜어 내게도 한 병 나눠주었다. 묵직하게 담긴 들기름병을 받고서 묘한 설렘이 일었다. 드디어 나도 '들기름 카르텔'에 입성한 것일까.

설레는 마음으로 집에 와 엄마가 싸준 나물에 들기름 한 바퀴 둘러 밥을 비벼 먹었다. 맙소사. 입안에 넣자마자 눈이 번쩍 뜨였다. 참기름과는 격이 다른 고소함이 입안을 가득 채웠다.

참기름의 고소함이 화려하고 높은 음역의 '소프라노'라면, 들기름의 고소함은 중저음으로 묵직하게 바닥을 깔아주는 '베이스' 같았다. 들깨 특유의

집밥의 격을 높이는 된장과 들기름

감미로운 풍미와 살짝 쌉싸름하면서도 진한 향기가 평소 먹던 나물과 밥에 깊이감을 더해주었다.

그때부터 온갖 것들에 들기름을 뿌려 먹기 시작했다. 줄어드는 들기름병을 아쉬워하면서도 들기름에 손을 대는 것을 멈출 수 없었다. 들기름 막국수는 기본이거니와 각종 나물이나 채소에도 요리 마무리에 참기름 대신 들기름을 쓰곤 했다. 볶음 요리를 할 때도, 전을 부칠 때도 들기름을 쓰는 날이 잦아졌다. 참기름을 넣으면 쉽게 예상할 수 있는 아는 맛이 되지만 들기름을 넣으면 묘하게 색다른 요리가 되는 재미에 푹 빠져 있었다.

그러던 어느 날 친구에게 "바게트에 들기름을 찍어 먹으면 맛있다"는 이야기를 듣고 나는 또다시 충격에 빠졌다. 왜 그동안 들기름을 한식에만 곁들일 생각을 했을까? 올리브유 대신 들기름을 쓸 수 있다고 생각하니 마치 새로운 세계가 열리는 듯한 기분이었다.

호기심에 바게트를 들기름에 푹 찍어 먹어보았다. 세상에, 올리브유와는 결이 다른 묵직한 고소함이 빵 속 깊이 배어들며 휘몰아쳤다. 살짝 뿌린 소금과 만나자 감칠맛까지 팡팡 터진다. 그제야 깨달았다. 들기름은 '한국의 올리브유'였다.

그날 이후 들기름 실험은 한식 양식을 가리지 않고 폭이 한층 넓어졌다. 올리브유나 참기름이 드레싱 소스로 쓰이듯, 들기름도 훌륭한 드레싱이 될 수 있다. 그렇게 탄생한 것이 '깻잎 냉파스타 드레싱'이다. 들기름의 묵직한 고소함에 매실청의 산미, 간장의 짭조름함을 더하니 국적 불문의 매력적인 드레싱이 탄생했다. 거기에 들깻가루까지 넣으면 질감이 훨씬 꾸덕해진다. 샐러드드레싱으로도 손색없으며 나는 특히 연두부에 뿌려 먹는 것을 좋아한다. 한번 만들 때 넉넉하게 만들어 여기저기 곁들여 먹는 재미도 있다.

가장 맛있는 들기름을 찾아서

몇 년 전, 할머니가 점점 연세가 많아지시면서 들기름 카르텔도 끝이 났다. 이제 나는 독립해서 스스로 들기름을 찾아야만 한다. 그때쯤 마침 플리마켓에 '깻잎 냉파스타'로 참여하게 되었다. 당연히 들기름이 가장 중요하다고 생각해서 온라인에서

 집밥의 격을 높이는 된장과 들기름

구할 수 있는 들기름이란 들기름은 종류별로 사서 블라인드 테스트를 진행했다. 깻잎 냉파스타에 가장 잘 어울리는 들기름을 찾고 싶었기 때문이다.

된장과 백태콩에서도 이미 경험했지만, 제조사마다 들기름의 색이나 향, 맛이 천차만별이었다. 어떤 들기름은 올리브유처럼 쓰고 맵싸한 맛과 푸릇함이 느껴졌고, 어떤 들기름은 진한 캐러멜을 떠먹는 것 같은 단맛이 느껴졌다. 어떤 들기름은 고소함의 농도가 남다르고 묵직했다. 맛이 있고 없고의 차이보다는 각각의 들기름마다 어울리는 요리가 다를 것 같았다.

들깨를 볶을수록 고소함의 농도는 짙어지고 신선한 깨로 바로 짜낸 것일수록 깨끗한 맛이 난다. 깻묵을 여러 번 짠 것을 섞으면 쓴맛이 난다. 할머니가 직접 방앗간에 주문한 들기름이 맛있었던 이유는 한 번만 짜낸 들기름이었기 때문이다. 또 들깨는 고온에 오래 볶으면 벤조피렌이라는 성분이 생겨서 좋지 않다. 그러나 요즘 방앗간에서도 벤조피렌 검사를 9개월마다 진행하는 것이 필수이기 때문에 필요 이상으로 공포스럽게 여기지 않아도 된다. 한국 식약처의 기준은 세계에서도 인정할 만큼 까다롭다. 그래도 불안하다면 볶지 않은 생들깨를 저온 압착으로 짜낸 생들기름을 먹으면 된다. 당연히 볶은 들깨만큼 묵직한 고소함은 없지만 산뜻한 고소함이 있다.

들기름, 집밥의 품격

들기름은 특히 볶음 요리의 품격을 높여준다. 발연점이 참기름보다 높아 볶음 요리에 쓰기 좋다. 맛있는 들기름이 생겼다면 들기름 두부구이를 꼭 해 먹어보시길. 평범했던 두부구이가 특별해질 것이다. 또 묵은지를 씻어 들기름에 구워 먹으면 엄청난 풍미가 더해진다.

알리오 올리오에 묵은지를 추가해서 들기름을 둘러 먹어도 환상적이다. 취나물과 같이 향이 강한 나물을 들기름에 볶아 파스타를 해 먹을 수 있고, 페스토를 만들 때 올리브유 대신에 들기름을 쓰면 K페스토가 된다. 잣 대신 들깨와 견과류, 바질 대신 깻잎이나 마늘종을 넣어 갈아 만든 페스토는 빵에도 밥에도 기막히게 잘 어울린다.

 집밥의 격을 높이는 된장과 들기름

국물 요리에서도 들기름은 '치트 키'다. 특히 뭇국이나 미역국을 끓일 때, 재료를 먼저 들기름에 볶아보자. 무나 미역을 들기름에 달달 볶다가 물을 부으면 기름과 물이 유화되면서 국물이 뽀얗게 우러난다. 게다가 채소의 마이야르 반응까지 더해져 국물 맛이 진해지기 때문에 조미료를 더하지 않아도 깊고 진한 국물 맛을 낸다.

들기름은 현존하는 식재료 중에서 오메가3 함유량이 가장 높다. 영양 면에서도 뭐 하나 빠질 것이 없는 훌륭한 존재다. 들기름의 유일한 단점이 있다면 산패 속도가 빠르다는 점이다. 개봉하면 반드시 냉장 보관을 해야 하고, 가급적 한 달 이내에 먹는 것이 좋다.

들기름에 참기름을 20% 정도 섞으면 보관 기간이 늘어난다고는 하지만 나는 섞어 쓰기보다 아끼지 않고 팍팍 먹는 쪽을 택한다. 참기름과 들기름의 향이 다른데 굳이 왜 섞어야 할까? 작은 병 하나를 사서 여기저기 요리마다 아낌없이 뿌려 먹고 볶아 먹는다. 몸에도 좋고 맛도 훌륭한데 아낄 이유가 없다. 막국수에, 국물 요리에, 파스타에, 두부구이에

도 마음껏 들기름을 써보자. 집밥에 그윽함을 더하
며 맛의 품격을 한 단계 끌어올려줄 것이다.

 집밥의 격을 높이는 된장과 들기름

맛의 빈 곳을 채우는 단맛과 산미

노릇하게 구운 알배추 스테이크를
잘 숙성된 발사믹 식초에 툭 찍어 먹으면,
깊고 달콤한 신맛이 배추의 단맛을
번쩍 끌어올린다.

알배추 스테이크

요리에는 적당한 단맛이 필요하다

소금보다도 마음껏 사용하기가 어려운 게 바로 설탕이 아닐까. 집에서 요리하다 보면 유독 설탕에 인색해진다. 그렇다고 해서 단맛을 요리에 빼놓을 수 있을까? 단맛이 빠진다면 요리의 완성도는 떨어질 수밖에 없다. 아무리 건강해지려고 먹는 집밥이라지만, 집밥도 맛있어야 즐겁게 먹을 수 있고 지속 가능한 습관으로 유지할 수 있다. 오히려 단맛을 줄이고 싶다면 어마어마한 양의 설탕이 들어가는 과당 음료나 디저트, 외식이나 배달 메뉴를 줄이는 편이 낫다.

나 또한 집밥을 건강하게 먹어야 한다는 생각에 설탕을 쓰지 않았었다. 최근에 '제로'가 유행하면서 설탕은 꼭 피해야 할 요소가 된 것만 같다. 나도 설탕뿐만 아니라 대체당을 포함한 단맛이 나는 여러 가지 감미료를 쓰는 것까지도 두려워했었고, 지금까지도 자제하려는 습관이 흔적처럼 남아 있다. 어쩌면 일종의 공포심이나 강박일지도 모른다는 생각도 든다. 사실 당뇨와 같은 관리가 필요한 질환을 겪고 있는 것이 아니라면 단맛을 필요 이상으로 두려워하는 것도 일상을 옥죄는 요소가 될 수 있다. 조금은 더 자유롭게 요리할 수 있도록 의식적으로 노력하는 중이다.

단맛: 길을 헤맬 땐 설탕 반 스푼

단맛이 요리에 중요하다고 깨달은 순간이 있다. 난생처음 토마토소스를 만들던 날. 약간의 설탕이 어떻게 요리를 탄탄하게 만들어주는지 몸소 경험

 맛의 빈 곳을 채우는 단맛과 산미

한 때이다.

십여 년 전 초여름의 어느 날, 부모님과 함께 살던 때였다. 집에는 선물로 들어온 토마토 한 박스가 방치되어 있었다. 나는 생토마토를 좋아하지 않았고 가족 누구도 토마토에 손을 대지 않았기에 베란다 박스 속의 그 많은 토마토는 그대로 상해 버릴 것이 분명했다. 결국 나는 요리 프로그램에서만 보던 토마토소스를 직접 만들어보기로 했다. 어렸을 때부터 요리에 관심이 생긴 이후로 각종 요리 프로그램을 즐겨 보는 것이 취미였던 터라 토마토소스 만드는 과정은 잘 알고 있었다. 토마토를 십자로 칼집을 내고 끓는 물에 데쳐 하나씩 껍질을 벗겼다. 언젠가 꼭 해보고 싶었는데 마음먹고 시작해보니 생각보다 재미있었다.

양파와 마늘도 잘게 썰어 올리브유에 볶다가 토마토를 잘게 썰어 가장 큰 냄비에 넣고 오래도록 푹 끓였다. 이따금 나무 주걱으로 저어주면서 토마토가 점점 소스가 되어가는 과정을 천천히 기다렸다. 그러나 생각처럼 토마토소스의 색이 붉어지지 않았다. 그때만 해도 내가 경험했던 토마토소스들

은 마트에서 파는 유리병에 담긴 자극적인 토마토
소스였다. 자주 접했던 파스타 소스보다 농도가 묽
고 붉은빛도 희멀건해 난감했다. 한 시간도 넘게 토
마토소스를 붙잡고 땀을 흘리며 씨름했다. 소금도
넣어보고, 한 조각 남아 있던 스톡 큐브도 넣어보
고, 월계수 잎도 넣어보고, 바질 가루도 넣어보고,
집에 있는 양념이란 양념은 조금씩 다 넣어보았다.
그럼에도 토마토소스는 뭔가 밍밍했고 머릿속에
간직하고 있던 맛과 너무나 달라서 나는 계속 길을
헤매고 있었다.

마지막으로 넣지 않은 양념은 설탕뿐이었다. 더
이상 넣을 수 있는 양념도 없었기에 설탕을 반 스
푼 섞어보았다. 맙소사. 갑자기 밍밍했던 토마토의
존재가 뚜렷해졌다. 설탕을 넣어도 단맛은 느껴지
지 않았다. 대신 설탕을 넣기 전까지 흐릿했던 토마
토의 맛이 훨씬 입체적으로 변해 있었다. 이게 바로
설탕의 마법인가.

조심스럽게 설탕 반 스푼을 더 넣고 저었더니 아
까보다 훨씬 짙고 향긋해진 토마토소스가 되었다.
설탕을 넣자 뭐가 부족한지가 명확하게 보였다. 짠

　　　　　　　맛의 빈 곳을 채우는 단맛과 산미

맛이 부족해서 소금도 조금 추가하고 간장도 살짝 넣으니 제법 토마토소스 같아졌다. 색은 묽어도 충분히 스파게티 소스로 먹을만한 소스가 되었다. 시판 소스만큼 자극적이지는 않지만 토마토 자체의 맛이 뭉근하게 피어나는 귀여운 느낌의 토마토소스. 내가 처음으로 만들어본 수제 토마토소스였다. 그 후 파스타 면을 삶아서 맛있게 토마토 파스타를 만들어 먹었다.

설탕이라는 마법을 경험한 이후로 나는 요리의 마지막에 길을 헤맬 때면 설탕을 조금씩 넣어보곤 한다. 토마토소스뿐만 아니라 크림소스를 만들 때도 비슷한 경험을 했다. 크림을 넣어도 맛이 애매하다 싶으면 설탕을 1/3스푼 정도 넣어보자. 크림이 훨씬 부드러워지고 여러 가지 흩어져 있던 맛들이 또렷해지면서 맛의 빈 곳을 채우며 윤곽을 잡는다.

복잡하게 얽힌 맛을 풀어주는 해결사

김치찌개를 끓일 때도 설탕은 마지막 치트 키다. 김치찌개는 들어가는 재료는 단출하지만, 김치 자체에 수많은 양념과 맛이 복잡하게 얽혀 있다. 또 발효 과정을 거치면서 다양한 냄새를 품고 복합적인 맛이 나다 보니 무작정 오래 끓이는 것만이 능사는 아니다. 맛이 하나로 모이지 않기 때문이다. 그럴 때 설탕 반 스푼을 넣어주면 기가 막히게 맛있어진다. 사방으로 튀어 나가는 김치의 난해한 맛들을 설탕이 부드럽게 감싸며 하나로 어우러지게 한다. 설탕이 맛의 경계를 지키며 앞으로 나아가는 마치 양치기 개의 역할을 하는 것이다.

비빔국수, 겉절이의 양념장에도 설탕은 필수다. 고추장이나 고춧가루에 간장, 설탕, 식초 3인방을 넣어야 비로소 서로의 장점들이 극대화된다. 고춧가루 특유의 풍미와 단맛, 간장의 짠맛과 감칠맛, 식초의 신맛이 뒤섞이며 하나의 양념으로 모이는 데에 설탕은 매우 중요한 역할을 한다. 설탕뿐만 아니라 단맛의 액체인 올리고당 같은 단맛의 액체형 감미료도 유사한 역할을 한다.

설탕으로 맛을 살리는 데 가장 중요한 것은 역시나 '설탕의 양'이다. 단맛이 감지되지는 않지만 다른 맛들을 입체적으로 살려주기 위해서는 아주 소량이면 충분하다. 두세 번 정도 나눠 먹을 찌개를

    맛의 빈 곳을 채우는 단맛과 산미

끓일 때는 3g~5g(밥숟가락으로 1/3 ~ 1/2스푼)이면 적당하다. 이 정도의 설탕량이라면 당류에 민감하지 않은 이상 크게 걱정하지 않아도 된다.

설탕으로 부족한 맛을 살리는 공식은 주로 볶음, 조림, 절임, 찌개, 토마토소스와 같이 강한 양념에서 빛을 발한다. 그렇다고 해서 모든 요리를 극적으로 바꾸진 않는다. 이미 단맛이 있는 요리에는 작용하지 않기 때문이다. 이미 설탕이 들어간 떡볶이에 설탕을 더 넣는다고 해서 전에 없던 입체감이 생기지 않는다. 그저 더 달아질 뿐이다. 또 깔끔함과 감칠맛이 생명인 된장국, 미역국 같은 국 요리에도 설탕은 전혀 어울리지 않는다.

다 같은 단맛이 아니다

기본적으로 설탕에는 백설탕, 황설탕, 흑설탕이 있다. 요리에 가장 명료하게 단맛을 내는 것은 백설탕이다. 황설탕은 그보다는 좀 더 온화한 단맛을 내지만 약간의 풍미가 있고, 흑설탕은 캐러멜과 같은 짙은 맛이 특징이다. 마스코바도와 같은 비정제 원당에는 미네랄이 풍부하므로 단맛뿐만 아니라 복합적인 맛을 낸다. 당도도 백설탕보다 낮은 편이다.

미네랄이 풍부한 천일염이 짠맛이 덜하면서 복합적인 맛을 내듯, 설탕도 유사하다. 사실 맛의 균형을 맞추는 기능으로만 따져본다면 백설탕이나 황설탕이 가장 효율적이다. 적은 양으로도 충분하며 직관적인 단맛을 내기 때문이다.

당연히 단맛을 내는 재료는 설탕 외에도 종류가 많다. 요리에 윤기를 더하고 싶다면 올리고당이나 물엿을, 부드럽게 풍미를 더하고 싶다면 메이플 시럽이나 꿀, 조청도 있다.

또 요즘은 대체당도 종류가 다양해서 당류를 섭취하기가 부담스럽다면 대체당을 활용할 수 있다. 나도 스테비아와 액체형 알룰로스를 종종 사용한다. 액상 알룰로스는 동량의 물엿이나 올리고당보다 온화한 단맛이 느껴져서 소스를 만들 때 사용하기에는 괜찮지만 가열 요리에는 단맛이 사라져서 안정적인 단맛을 내지는 못했다. 스테비아는 특유의 상쾌함이 있어서 한식 요리에는 조금 어색했다. 또 대체당은 과다 섭취하면 복부 팽만이나 소화 불량을 유발할 수 있기 때문에 단맛이 나지 않는다고

   맛의 빈 곳을 채우는 단맛과 산미

해서 계속 추가하는 건 조심해야 한다.

요리의 빈곳을 채워주는 단맛 군단

설탕 이외에도 단맛을 낼 때 종종 활용하는 재료가 있다. 바로 '청'이다. '매실청' '레몬청' '생강청'은 내가 가장 좋아하는 단맛 군단들이다. 설탕은 향을 만나면 맛과 향이 증폭된다. 또 재료를 오래 보존해주는 천연 보존제이기도 하다. 한철만 강렬하게 먹을 수 있는 제철 재료들을 설탕으로 오래 보존할 수 있다. 또 각각의 재료가 가진 향이 요리의 빈 곳을 다채롭게 채워주는 것도 집밥에 새로운 재미를 준다.

레몬은 아주 조금의 레몬 향으로도 요리의 생기를 더한다. 그러나 자주 먹기에는 부담스럽고 오래 보관하기 어려우니, 한번 사서 잘게 썰어 설탕에 절여두면 언제든 요리에 레몬 향을 더할 수 있다. 설탕으로 인해 시간이 흐르면서 레몬의 향이 그대로 보존되고, 여기에 레몬 껍질까지 갈아서 추가하면 레몬 향은 훨씬 증폭된다.

시판 레몬즙과 레몬청의 향 차이는 비교할 수 없

을 만큼 크다. 올리브유에 소금과 레몬청 약간만 첨가해도 입맛 돋우는 샐러드드레싱을 만들 수 있다. 레몬청은 레몬즙과 설탕이 들어가는 모든 요리에 활용하기 좋다.

생강청은 간장에 절이는 요리에 제격이다. 특히 콩조림이나 무조림에 잘 어울린다. 단지 생강의 향만 첨가되었을 뿐인데 평소 먹던 간장조림의 격을 한층 높인다. 또 겨울에는 따뜻하게 데운 두유에 생강청 한 스푼을 넣고 만든 진저라테를 해 먹는다. 고소한 두유 사이로 알싸한 생강 조각을 씹을 때마다 조금씩 퍼지는 상쾌한 향은 겨울에만 누릴 수 있는 호사 중 하나다.

매실청은 특유의 쨍한 신맛이 단맛에 가려져 있지만 요리에 들어가면 부드러운 향긋함을 더한다. 깻잎 냉파스타 소스를 만들 때도 매실청으로 단맛을 내면 향긋함과 쨍한 산미를 만들어주고, 껍질을 벗긴 방울토마토를 매실청에 절여두었다가 하나씩 꺼내 먹는 것도 여름의 제철 의식 중 하나다. 이렇듯 설탕은 계절을 좀 더 오래도록 만끽하게 도와주기도 한다.

　　　　　　　　　　맛의 빈 곳을 채우는 단맛과 산미

요리를 하다가 길을 잃었을 때는 두려워하지 말고 설탕을 써보자. 무섭다면 아주 조금이라도, 혹은 대체당을 써도 좋다. 어떤 변화가 있는지 경험해보고 좀 더 완성도 있는 집밥을 맞이해보길 바란다.

신맛: 감각을 깨우는 신맛

나는 신맛을 좋아한다. 커피에도 산미가 있어야 비로소 균형이 잡혔다고 느껴지고, 맛있게 먹은 맥주나 와인도 모두 어느 정도의 신맛이 있는 것들이다. 마시는 것뿐만 아니라 신맛이 나는 요리들도 좋아한다. 여름에 먹는 새콤한 오이냉국, 오래 묵혀서 시큼한 맛이 나는 묵은지. 매콤새콤한 똠얌꿍도, 중국에서 처음 먹었던 쏸라탕도 깜짝 놀랄 만큼 맛있었다. 빵도 씹을수록 시큼한 맛이 나는 사워도우나 호밀빵을 좋아한다. 신맛이야말로 여러 가지 맛 중에서도 가장 강렬한 요소다. 동시에 신맛은 묘하게 전체적인 맛의 균형을 잡는다.

처음 신맛에 빠져들었을 땐 좀 과하다 싶을 정도로 신맛 나는 것에 집착하기도 했었다. 저녁 수영을 마치고 목욕탕에 가면 내 손에는 항상 감식초를 담은 물병이 들려 있었다. 감식초에 시원한 물을 타고, 따뜻한 물에 몸을 담근 채 홀짝홀짝 마셨다. 뜨거운 김이 나는 목욕탕과 시원한 감식초가 고된 하루를 마감하는 루틴이었다.

포틀랜드를 여행할 때는 사워 비어에 빠져서 여행 내내 사워 비어 양조장만 찾아다니기도 했다. 커피 중에서는 산미가 가장 강한 에티오피아 커피를 가장 좋아했다. 마치 과일 주스나 와인을 마시는 것 같은 맑고 시큼한 커피 한 잔으로 휴일을 시작하곤 했었다. 사실 빈속에 신 것을 마시는 것이 좋은 습관은 아니다. 식도와 위벽에 상처를 입힌다. 결국 위벽이 얇아져서 더 이상 빈속에 신 것을 들이붓는 습관은 그만두었지만, 여전히 약간의 산미가 있는 마실 것과 먹을 것들을 좋아한다.

살아 있는 듯한 맛

나는 왜 그토록 강렬한 신맛에 빠져들었을까? 나는 무엇이든 한번 빠지면 집착에 가까울 정도로 깊이 있게 파고들며 지속하는 습관이 있다. 신맛에는 단지 기분이 좋다는 말로 설명할 수 없는 무언가가 있었다. 그렇게 신맛에 대한 집착을 조금 내려놓게 되었을 때쯤 식품공학자 출신 최낙언 작가의 《맛의 원리》라는 책을 읽으며 왜 내가 그토록 신맛에 매료되었는지 실마리를 찾을 수 있었다.

생명현상의 시작과 끝은 탄산이라고 한다. 신맛은 '살아 있음'의 증거다. 신맛은 물에 녹아 있는 수소이온(H+)을 느끼는 맛인데, 이산화탄소가 물에 녹아 있는 것이 바로 탄산이다. 김치가 발효되며 생기는 탄산, 발효된 막걸리의 시원한 탄산, 이산화탄소가 녹아 있는 여러 가지 탄산음료들. 심지어 혈액의 pH를 안정적으로 유지하는 데 결정적인 역할을 하는 것도 바로 탄산이다. 유기산이 생명의 시작이자 끝이다. 그러므로 신맛은 생명을 여실히 깨닫게 하는 매개가 아니었을까? 무표정한 얼굴로 회사를 오가는 반복된 하루 속에서 감식초를 마시고, 시큼한 커피를 마시고, 사워 비어를 마시는 그 순간만큼은 내가 살아 있는 존재라고 느끼고 있었다. 그렇기에 신맛이라는 장치를 자주 곁에 두고 싶었다.

발효한 식초는 형용할 수 없는 무언가가 있다. 우리 할머니는 요리를 잘하시는데 그중에서도 매콤한 무침 요리가 일품이다. 할머니가 해주셨던 연포무침은 어렸을 때부터 내가 제일 좋아했던 음식이었다. 심지어 해산물을 먹지 못했는데도 그건 맛있게 먹었다. 배추를 부드럽게 삶아 세로결을 따라서 죽죽 손으로 찢은 다음, 고춧가루, 다진 파와 마늘, 식초, 간장과 설탕 약간 넣고 조물조물 무친다. 복합적인 신맛이 살아 있는 매콤한 양념과 살짝 따뜻한 온도의 달콤한 겨울 배추가 환상적인 조화를 이룬다. 할머니가 불러주는 레시피를 그대로 녹음한 뒤에 집에서 여러 번 따라 해보았지만 역시나 그 맛이 나지 않았다. 할머니 무침 요리의 비밀 병기는 바로 '막걸리 식초'였기 때문이다.

할머니 집 부엌 한구석에는 막걸리 식초가 자라고 있다. 내가 기억하는 아주 어린 시절부터 막걸리 식초는 늘 그 자리에 있었다. 할머니는 식초를 보관하는 게 아니라 키우고 계셨다. 주기적으로 밥(막걸리)을 주고 흔들어주고, 공기가 통하도록 뚜껑을 살짝 열어두면서도 날파리가 들어가지 않도록 관리를 해줘야 한다고 하셨다. 할머니가 평생 길러온 막걸리 식초는 치열하게 살아 있는 무언가였다. 당연

  맛의 빈 곳을 채우는 단맛과 산미

히 그런 식초가 들어간 요리는 맛이 살아 숨 쉴 수밖에 없다.

좁은 주방에서 막걸리 식초를 키울 수는 없겠지만, 단지 신맛을 첨가하는 것만으로도 집밥의 생기는 살아날 수 있다. 자칫 무겁거나 느끼할 수 있는 요리를 산뜻하게 북돋아주면서 동시에 재료 본연의 맛들을 선명하게 만든다.

내 입맛에 맞는 신맛 찾기

신맛을 내는 핵심 성분은 크게 세 가지로 나뉜다. 과일의 구연산, 식초의 아세트산, 발효음식의 젖산이다. 신맛이 나는 각각의 요소들은 모두 효과가 조금씩 다르고 맛도 다르므로 요리에 어울리는 신맛을 적절히 활용하는 것이 중요하다.

먼저 레몬, 라임, 유자, 귤, 오렌지와 같은 시트러스 부류의 과일로 신맛을 낼 수 있다. 시트러스를 활용한 신맛에는 상쾌한 향까지 함께한다. 향은 가열하면서 쉽게 날아가기 때문에 향을 그대로 살릴 수 있는 샐러드드레싱이나 무침, 음료류에 사용하기에 좋다. 톳으로 만든 묵직한 감칠맛의 알리오 올리오 위에 레몬즙과 레몬 제스트를 뿌리면 한결 산뜻해진다. 또 배추와 푸근한 재료를 넣고 끓인 전골 요리도 유자를 섞은 간장에 찍어 먹으면 무한대로 먹을 수 있다. 토마토와 양파를 잘게 썰어 만든 토마토 살사에도 생라임즙을 짜서 넣으면 레벨이 다르다.

식초는 요리에서 가장 폭넓게 쓰이는 신맛 재료다. 식초는 가장 기본적인 신맛을 정직하게 낸다. 마트에서 쉽게 보는 양조식초나 사과식초는 곡류와 사과를 발효해서 아세트산을 만든 다음 식초로 만든다. 화학약품인 아세트산만 물에 탄 것은 빙초산인데 아주 강한 신맛을 가지고 있지만 일반 가정에서는 쉽게 쓸 수 있는 재료는 아니다. 양조식초나 사과식초, 현미식초와 같은 발효식초가 가장 무난하게 쓰기 좋다. 식초 특유의 쿰쿰한 향이 있어도 전통 발효식초보다는 덜해서 양념장을 만들 때 쓰기 좋다. 비빔 양념장, 만두를 찍어 먹는 초간장, 무침 요리에 두루 쓸 수 있다.

　　　　　　맛의 빈 곳을 채우는 단맛과 산미

의외로 볶음 요리에 식초를 활용하면 좋은데 식용유에 고추장, 고춧가루, 그리고 마늘종이나 애호박을 매콤하게 볶은 소스에 식초를 살짝 첨가하면 소스의 맛이 한결 다채로워진다.

좀 더 깊은 신맛을 원한다면 애플 사이다 비니거나 발사믹 식초를 활용하는 것도 좋은 방법이다. 발효 과정에서 일반 양조식초보다 맛이 더 묵직해지고 숙성되면서 단맛과 풍미가 담긴다. 특히 잘 숙성된 발사믹 식초는 다른 양념을 더하지 않아도 그 자체로 훌륭한 소스다. 배추 스테이크를 노릇하게 구워서 발사믹 식초만 찍어 먹어도 맛있다. 다른 드레싱을 더하지 않아도 루콜라, 사과, 바게트에 발사믹 식초만 곁들여도 풍성한 맛과 향을 만끽할 수 있다.

젖산 발효의 신맛은 발효 과정에서 온다. 김치를 오래 익히면 나는 시큼함, 유산균을 넣고 발효시킨 요거트, 발효종을 넣고 만든 시큼한 사워도우. 은은한 신맛과 특유의 쿰쿰함이 있다. 젖산 발효의 신맛은 소스라기보다는 기본 바탕이 되는 신맛이다. 여기에는 단맛을 더해야 맛에 균형이 잡힌다. 묵은지를 푹 끓인 김치찜에는 통양파를 넣어 끓이거나 마지막에 설탕 반 스푼을 넣는다. 그러면 묵은지의 쿰쿰함을 잠재우면서 산뜻한 신맛이 느껴지며 김치찜을 훨씬 맛있게 만들어준다. 요거트에는 달콤한 과일이나 콩포트 또는 그래놀라를, 사워도우에는 올리브유나 지방이 두툼한 스프레드를 활용해서 신맛을 잡으며 균형 잡힌 요리로 만들 수 있다.

내 입맛에 가장 잘 맞는 신맛은 어떤 종류인지, 어떤 신맛이 가장 매력적인지 찾아보기를 바란다. 신맛은 분명 살아 있음을 가까이하며, 집밥의 새로운 가능성을 밝혀줄 것이다.

   맛의 빈 곳을 채우는 단맛과 산미

집밥의 세계관을 넓히는 향신료

렌틸 타코 라이스

향신료는 '맛'이란 게 존재하지 않는다. 그러나 독보적인 향으로 요리의 레이어를 다양하게 덧입히는 향 증폭기다. 요리에는 맛뿐만 아니라 향도 매우 중요한 요소다. 또 기름이나 설탕, 간장과 같은 양념들은 열량과 당분, 염도로 쓸 수 있는 양이 어느 정도 정해져 있다. 그러나 향신료는 열량이라는 무게를 더하지 않으면서도 요리의 결을 완전히 바꿔 놓는다. 향신료는 아주 소량만으로도 집밥의 무궁 집밥을 오래 반복하다 보면 필연적으로 향신료에 관심을 갖게 된다. 새로운 맛을 찾다 보면 이국의 낯선 향신료에 손이 닿게 되기 때문이다. 특히나 해외 레시피들을 시도하려다 보면 처음 접하는 향신료들을 종종 발견하는데, 궁금한 향신료를 하나둘씩 모으다 보니 어느새 웬만한 레스토랑 못지않게 다양한 향신료를 갖추게 되었다.

향신료를 구비하고 나면 난감한 점이 바로 '어떻게 활용해야 할지 모른다'는 것이다. 애초에 한국식 요리에 자주 쓰이는 재료가 아니다 보니 매번 새로운 레시피를 찾아봐야 하는 번거로움이 있다. 향신료를 쓰기 위해 어쩌다 한번 해 먹는 낯선 요리들은 결국 손이 자주 가지 않는다.

그렇기에 지금까지 다양한 향신료를 집밥에 실험을 해본 경험을 바탕으로, 집밥에 가장 활용도가 높았던 향신료들을 뽑아보았다. 이중에 관심이 가는 것 한두 가지만 갖춰도 집밥의 국경을 자유롭게 넘나들 수 있다.

 집밥의 세계관을 넓히는 향신료

여러 가지 향신료 중에서 가장 폭넓게 쓸 수 있는 것을 꼽으라면 단연 바질과 오레가노다. 이탈리아 요리의 핵심은 신선한 허브 본연의 향을 살리는 데 있다. 바질은 생잎을 구하기 쉽지만, 오레가노는 생으로 구하기 어려워 말린 가루(드라이 허브)를 구비해두는 편이 좋다. 바질도 있는데 굳이 오레가노까지 필요할까 생각할 수도 있겠지만, 나는 모든 향신료 중에서 오레가노를 가장 사랑한다. 특유의 상쾌한 박하 향과 약간 씁쓸한 흙 내음이 요리를 변신시켜주기 때문이다.

오레가노는 특히 크림파스타에 정말 잘 어울린다. 내가 자주 해 먹는 '후무스 크림파스타'의 핵심도 바로 오레가노다. 후무스로 만든 꾸덕꾸덕하고 녹진한 소스에 오레가노를 넣어야 비로소 깊은 풍미가 완성된다. 먼저 다진 마늘과 양파를 올리브유에 천천히 볶다가 오레가노를 듬뿍 넣고 볶는다. 모든 향신료는 기름에 볶는 과정, 즉 '템퍼링(Tempering)'을 거쳐야 지용성인 향기 성분을 제대로 뽑아낼 수 있다. 그다음 후무스와 면수를 넣어 소스를 만들고, 마지막에 설탕을 아주 살짝 넣어주면 오레가노의 향이 더 극대화된다. 꾸덕꾸덕한 크림파스타가 먹고 싶다면 오레가노를 기억하자. 이것 하나만으로도 레스토랑급 파스타를 만들 수 있다.

피자나 토마토소스 파스타를 만들 때도 바질과 오레가노는 필수다. 특히 오레가노는 토마토소스를 훨씬 산뜻하고 풍부하게 만들어준다. 토마토퓌레만 넣고 끓인 소스는 사실 별 맛이 없다. 집에서 토마토소스를 제대로 맛있게 만들고 싶다면 지방(올리브유), 풍미(향신료), 그리고 약간의 단맛이 받쳐줘야 한다.

올리브유에 양파를 볶아 단맛을 내고, 바질과 오레가노를 넣어 기름에 향을 충분히 입힌 뒤 토마토소스를 넣고 끓인다. 마지막엔 향을 더 살려주기 위한 치트 키인 설탕 약간. 토마토소스가 품고 있는 오레가노의 상쾌한 향과 토마토의 감칠맛이 제대로 살아난다. 향신료로 풍부해진 토마토소스는 깊이가 남다르다. 이렇게 바질과 오레가노만 첨가해도 차원이 다른 토마토 파스타를 먹을 수 있다.

이탈리아 요리뿐만 아니라 중동 요리에서도 오

　　　　　　집밥의 세계관을 넓히는 향신료

레가노는 핵심이다. 중동의 식탁에 빠지지 않는 필수 시즈닝 '자타르'의 주재료가 바로 오레가노다. '자타르'라는 단어 자체도 야생 오레가노를 뜻하기도 한다. 자타르는 오레가노에 옻나무 열매 가루인 수맥과 통깨, 소금을 섞어 만든다. 그렇기에 중동 요리를 할 때 오레가노를 뿌리면 그럴싸한 맛이 난다. 후무스 위에 뿌려 먹거나, 플랫 브레드에도 활용하면 맛있다. 오븐 요리에도 잘 어울리고 샐러드 드레싱으로도 훌륭하다. 올리브유, 레몬즙, 다진 양파, 설탕, 소금에 오레가노를 섞으면 지중해 향기가 물씬 풍기는 드레싱이 된다. 오레가노 하나만 들여도 집밥의 세계관이 지중해에서 중동까지 확장되는 셈이다.

쿠민, 낯선 요리를 집으로 들일 때

중동이나 인도 요리, 혹은 중국 요리를 먹을 때 "어? 이 냄새!" 하게 만드는 그 향의 정체가 바로 쿠민이다. 양꼬치 집에 가면 찍어 먹는 가루들 속에 섞인 길쭉한 씨앗인 쯔란과 동일하다. 쿠민은 미나릿과에 속하기 때문에 향이 매우 강하다. 그대로 씹어 먹으면 혀가 아릴 정도로 강렬한 톡 쏘는 향이 있어서 주로 육류의 잡내를 잡는 데 쓰인다. 한국에서는 호불호가 매우 강하게 나뉘는 향신료이지만 중동, 인도, 중국뿐만 아니라 멕시코와 아프리카, 스페인에서도 널리 쓰이는 향신료 중 하나다.

쿠민 가루는 소량으로도 요리의 인상을 바꾼다. 특히 볶음 요리와 궁합이 좋다. 쿠민을 활용했을 때 가장 맛있는 요리는 바로 '버섯볶음'이다. 느타리버섯을 수분이 날아갈 때까지 볶다가 간장과 발사믹 식초로 간을 하고, 마지막에 쿠민을 톡톡 넣어 볶는다. 평범하고 익숙한 버섯볶음이 순식간에 타코에 들어가는 토핑처럼 풍만한 이국적인 향을 입은 요리가 된다. 볶은 버섯은 샌드위치 속 재료로 넣어도 좋고, 타코에 넣어 먹거나 샐러드에 곁들여 먹어도 맛있다.

샐러드를 만들 때도 쿠민은 의외로 잘 어울린다. 파슬리를 잘게 다진 후 다진 양파, 레몬즙, 소금과 함께 쿠민을 넣고 버무린다. 이태원의 어느 중동 레스토랑에서 먹고 반해버린 쿠스쿠스 샐러드다. 파슬리 대신 매콤 쌉쌀한 열무를 써도 좋고, 후무스를

 집밥의 세계관을 넓히는 향신료

먹을 때도 쿠민을 살짝 뿌리면 콩의 지방과 올리브유가 쿠민을 부드럽게 감싸줘서 훨씬 깊은 맛을 느끼게 한다. 양념에 재웠다가 굽는 요리, 혹은 올리브유를 둘러 굽는 오븐 요리에도 쿠민으로 포인트를 줘서 이국적인 향을 내기도 한다.

시나몬, 디저트와 요리의 경계에서

누구나 아는 그 향, 바로 계피다. 뱅쇼를 먹을 때 하나씩 꽂혀 있는 나무 스틱이 바로 시나몬인데, 나무의 속껍질을 말려서 만든다. 곱게 가루를 내어 가루로도 구할 수 있다.

수정과에 매운 향을 내는 것은 계피인데, 사실 시나몬과 계피는 나무의 종부터 다르다. 보통 디저트에 쓰이는 건 '실론 시나몬', 수정과나 한약재로 쓰이는 건 '카시아 계피'다. 실론 시나몬은 은은하고 달콤한 향이 나지만, 카시아 계피는 맵고 아린 맛이 강하다.

이 둘의 차이를 알게 된 건 처음으로 마트에서 시나몬 가루를 샀을 때였다. 계피가 시나몬의 한국말인 줄 알고 계핏가루를 샀다가 너무 맵고 써서 어디에도 활용할 수가 없었다. 결국 몇 년 동안 방치하다가 버릴 수밖에 없었다. 시나몬을 구입할 땐 '실론 시나몬'이라고 쓰여 있는지 제대로 확인해야 한다. 이름은 시나몬이라고 쓰여 있더라도 원산지도 함께 확인해야 한다. 원산지가 베트남, 중국, 인도네시아라면 카시아 계피일 확률이 높다. 반면 스리랑카나 인도가 원산지라면 실론 시나몬이다.

한때 흑맥주의 컵 둘레에 시나몬과 설탕을 묻혀 준 것이 유행한 적이 있는데, 이때 사용한 가루도 카시아 계피다. 설탕과 계피를 함께 먹으면 매운맛이 덜 느껴져서 먹을 만하지만, 카시아 계피는 쿠마린이라는 성분이 있기 때문에 과다 섭취할 경우 간에 무리를 줄 수 있다. 적정량을 섭취해야 한다.

수정과 같은 특정 요리를 제외하고는 실론 시나몬이 훨씬 활용도가 높고 집밥에도 쓰기 편하다. 시나몬 가루는 보통 디저트나 음료에 자주 쓰인다. 달콤한 크림과 시나몬 가루가 듬뿍 들어가 있는 시나몬 롤, 쫀득한 찹쌀 반죽 속에 설탕과 함께 꿀처럼 녹아 있는 호떡, 당근 케이크, 추로스, 파이 모두 실론 시나몬이 중요한 역할을 한다.

　　　집밥의 세계관을 넓히는 향신료

한동안 시나몬 가루를 뿌린 토스트에 빠진 적이 있었다. 바싹하게 구운 식빵에 땅콩버터를 바르고 잼과 시나몬 가루를 톡톡 뿌려 먹으면 오후가 행복해지는 마법 같은 간식이다. 라테 위에 솔솔 뿌리면 시나몬의 향긋함으로 평범한 라테도 훨씬 맛있어지는 느낌이다.

집에서도 시나몬의 매력을 제대로 느낄 수 있는 디저트가 있다. 바로 '애플 크럼블'이다. 잘게 썬 사과를 설탕에 졸이다가 시나몬 가루를 넉넉히 넣어 향긋한 애플 잼을 만든다. 그다음 견과류를 믹서기에 갈아 가루로 만들고, 밀가루, 올리브유, 설탕을 섞어 양손을 비벼서 소보로를 만든다. 용기 바닥에 소보로 절반을 꾹꾹 눌러 담고 그 위에 애플 잼을 올린 다음, 남은 소보로로 덮어 에어프라이어에 굽는다. 이때 집안 가득 퍼지는 시나몬 향기는 그 자체로 행복이다. 달콤한 사과 향과 더불어 집안 곳곳을 따스함으로 감싸준다.

디저트 말고도 시나몬이 요긴하게 쓰일 수 있는 요리법들을 발견했다. 놀랍게도 시나몬은 이국적인 소스를 만들 때도 활약한다. 고추기름에 간장,

미소 된장, 설탕, 물을 섞고 여기에 시나몬 가루를 함께 섞으면 중화풍의 '호이신 소스(해선장)'와 비슷한 맛이 난다. 이 소스를 넉넉히 만든 다음 줄여서 쌀국수를 찍어 먹으면 그만이다. 마늘종이나 숙주를 볶아서 덮밥을 해 먹어도 맛있다. 익숙한 양념에 시나몬 가루만 톡톡 뿌렸을 뿐인데 순식간에 낯선 요리의 세계로 데려다준다.

파프리카 파우더, 훈제 향의 붉은 유혹

파프리카 파우더는 요리 좀 한다는 사람들의 찬장에는 꼭 있는 향신료다. 말린 붉은 파프리카를 곱게 갈아 만든 가루인데, 언뜻 고춧가루와 비슷해 보이지만 매운맛은 거의 없다. 은은한 단맛과 쓴맛, 그리고 종류에 따라 훈제 향이 난다. 훈제 향을 첨가하고 싶다면 반드시 '훈제(Smoked)'라고 적힌 것을 골라야 한다. 외국인들은 파프리카 파우더에서도 매운맛을 느낀다지만 평소에 매운 고춧가루로 단련된 한국인에게 매운맛은 전혀 느껴지지 않는다.

양식을 만들 때, 특히 훈제 향을 첨가하고 싶다면 파프리카 파우더가 답이다. 다른 향신료와 마찬

 집밥의 세계관을 넓히는 향신료

가지로 기름에 볶아야 향이 살아난다. 또는 기름과 파프리카 가루에 재워서 훈제 향을 덧입히기도 한다. 훈제 파프리카 가루는 특히 중요한 향신료다. 가지나 버섯, 파프리카를 올리브유, 간장, 파프리카에 재운 다음 구우면 채소에 없는 기름진 풍미를 선사하기 때문이다. 간장의 감칠맛과 훈제 향이 매력적이다.

타코 재료를 볶을 때 쿠민뿐만 아니라 파프리카 파우더를 첨가하면 풍미는 증폭된다. 감바스와 같은 오일 요리에 넣으면 먹음직스러운 붉은 색감과 훈제 향을 동시에 잡을 수 있다. 하얀색 재료(감자, 옥수수, 마요네즈, 후무스) 위에도 파프리카 가루를 솔솔 뿌려주면 색감이 대비되어 플레이팅의 완성도가 확 올라간다. 집밥에 시각적인 '멋'을 부리고 싶을 때도 유용한 아이템이다.

파프리카 파우더가 빛을 발하는 요리는 바로 샥슈카(에그인헬)이다. 샥슈카는 중동에서 유래한 음식으로 미국에서는 에그인헬로 알려진 것이라 사실상 둘은 같은 요리다.

올리브유에 마늘과 양파를 볶다가 파프리카 파

우더를 듬뿍 넣어 향을 낸다. 토마토소스를 넣고 뭉근하게 끓이다가, 소스 중간에 홈을 파고 계란이나 순두부를 넣어 익힌다. 파프리카 파우더의 깊은 풍미가 꽉 차 있는 토마토소스를 푹 찍은 바게트. 주말 브런치로 이보다 완벽한 메뉴는 없다. 새로운 요리에 도전해보고 싶다면 파프리카 파우더를 들여보자.

고춧가루, 솔솔 뿌리면 더 매력적인 향신료

향신료 이야기에 웬 고춧가루냐고? 하지만 고추를 말려 가루를 낸 과정을 생각해보면, 이것이야말로 한국의 대표적인 향신료가 아닐까 싶다. 우리는 매운맛에 집중하지만, 사실 고춧가루는 조리법에 따라 고유의 단맛과 짙은 풍미를 첨가하는 향신료로도 쓰일 수 있다.

미국에서 잠시 어학연수를 할 때였다. 그때 머물렀던 집의 주인, 리타의 부엌을 살펴보다가 깜짝 놀랐다. 수많은 향신료 병들 사이에 한국어로 당당하게 '고춧가루'라고 쓰여 있는 양념 병이 있었기 때문이다. 리타는 칠리파우더나 카옌페퍼와 고춧가

 집밥의 세계관을 넓히는 향신료

루의 차이를 명확하게 알고 있었고 한국의 식재료
와 양념도 빠삭하게 알고 있었다. 리타는 주로 수프
를 끓이거나 샐러드를 만들 때 다른 향신료처럼 고
춧가루를 사용한다고 했다. 특히 당근 샐러드에 고
춧가루를 넣는 것을 보고 신선한 충격을 받았다. 그
러고 보니 러시아의 당근 김치 '마르코프차'에도 고
춧가루가 들어가지 않던가. 다른 문화의 눈으로 보
니 고춧가루 역시 단지 맵기만 한 양념이 아니라
매력적인 향신료가 될 수 있다는 것을 배웠다.

그 이후로 나도 요리에 따라 고춧가루를 향신료
처럼 쓸 때가 있다. 특히 웜 샐러드와 정말 잘 어울
린다. 고춧가루로 매운 양념을 만드는 게 아니라 향
신료라 생각하고 살짝 흩뿌리면 고춧가루가 독특
한 포인트를 준다.

애호박이나 당근을 찜기에 살짝 찐 다음 소금,
깨, 올리브유와 함께 고춧가루를 '뿌려서' 버무린다.
겉절이나 무침 양념을 만들 때처럼 듬뿍 넣는 게
아니라, 파프리카 파우더처럼 솔솔 뿌리는 것이 포
인트다. 채소의 달큼한 수분과 올리브유가 소금과
고춧가루의 맵싸한 향을 부드럽게 감싸줘서 한식

인 듯 양식인 듯 묘한 매력을 낸다. 여기에 쿠민이나 훈제 파프리카 파우더를 살짝 첨가해서 더욱 이국적으로 변신시킬 수도 있다. 촉촉하고 부드러운 찐 채소의 수분으로 마른 고춧가루가 살짝 불어나면서 물드는 맛도 색다르다.

이국의 향신료를 통해 맛보는 새로운 세계

너무 익숙해서 그저 '양념'으로만 여겼던 한국식 양념들인 참깨, 들깨, 겨자도 모두 향신료로 쓸 수 있다. 다른 나라 사람의 눈으로 바라본다면 들깨, 들기름은 얼마나 낯설고 특이할까?

익숙하게 쓰던 양념들도 새로운 관점으로 바라보면 집밥도 다채로워질 수 있다. 한국식 식재료로 한국의 식탁을 탐험하던 리타처럼, 우리도 작은 향신료로 그 나라를 탐험해볼 수 있을 것이다. 그러니 다른 나라의 영혼을 간직한 향신료 하나쯤은 시도해보자. 아주 약간의 가루로도 국경을 넘나들며 집밥의 세계관을 바꿔줄 것이다.

 집밥의 세계관을 넓히는 향신료

완벽하게 갖추지 않아도
충분한 요리법

젓갈 한 방울 없이도 감칠맛은 그대로,
냉장고 속 재료만으로 만드는 대파김치.
마지막엔 볶음밥까지 즐기는 숨은 별미.

젓갈 없는 대파김치

얼마든지 맛있게 해 먹을 수 있는 집밥 레시피

집밥을 자주 해 먹으며 자신감이 붙다 보면 점점 새로운 요리에 도전하고 싶어진다. 혹은 예전부터 꼭 직접 해 먹어보고 싶었지만 시도해본 적 없는 새로운 요리를 큰맘 먹고 해보고 싶을 때도 있다. 그럴 때 우리는 필연적으로 누군가가 만든 레시피를 따라 하게 되는 순간을 맞이한다. SNS에서 유독 맛있어 보이는 요리를 보고 당장 따라 하고 싶은 마음이 들 때도, 우리는 그 요리의 레시피를 상세히 살펴보며 내가 재료에 무엇을 가지고 있고, 없는지부터 살펴본다.

레시피의 재료를 보다 보면 막히는 순간이 있다. 다른 재료는 다 있는데 양념 딱 하나가 부족할 때. 당장 마트에 가서 사 오자니 앞으로 자주 쓸 것 같지도 않고, 더군다나 이 좁은 주방에 방치할 양념 하나가 늘어나는 것도 부담스럽다.

"그 재료를 빼고 만든다면 맛에 큰 영향을 줄까?" "혹시 그 재료가 없어서 망치면 어쩌지?" 이런 고민은 집밥 하는 것을 미룬다. 당장에 재료를 모두 갖추지 못했다는 것은 집밥을 해 먹기 힘들게 하는 또 하나의 장벽이다.

정말로 그 재료가 없다면 요리를 할 수 없는 걸까? 수년간 기본양념으로만 집밥을 해 먹었던 내 경험에 비추어보면 절대 그렇지 않다. 당연히 레시피와 똑같은 맛을 섬세하게 구현해내지는 못하겠지만, 재료 한두 개 없다고 해서 완성물에 크게 영향을 미치지 않는다. 게다가 인터넷 속 레시피는 앞으로도 영영 먹을 일 없는 관념의 요리일 뿐이다.

 완벽하게 갖추지 않아도 충분한 요리법

있는 재료로 내 입맛에 맞게 맛있게 만들면 된다.

재료가 없을 때, 특히 특정 양념들이 없을 때도 대체할 방법은 의외로 많다. 나는 그럴 때 가장 먼저 인터넷에서 그 재료를 찾아 '원재료'의 구성을 살펴본다. 그리고 재료의 비율과 맛의 요소를 파악한 뒤, 집에 있는 재료로 비슷한 방향을 잡아본다. 그러다 보면 얼추 비슷한 맛을 흉내 낼 수도 있고, 과감하게 재료를 생략해도 괜찮은 경우도 있다.

그동안 레시피를 나누며 가장 많이 받았던 질문도 레시피에 적힌 양념이 없을 때 어떤 재료로 대체할 수 있느냐는 것이었다. 양념 하나, 재료 하나 없다고 먹고 싶은 요리를 포기하지 말자. 있는 재료만으로도 얼마든지 맛있게 해 먹을 수 있으니까! 완벽하게 갖추지 않고 있는 재료만으로도 만드는 유연함이야말로 놓칠 수 없는 집밥의 즐거움이다.

*소금, 설탕, 간장, 식초 등 최소한의 기본양념은 갖추고 있다는 가정하에 썼다.

맛술, 산뜻한 맛을 내는 액체이자
아주 약간의 알코올

레시피에 단골로 등장하는 맛술. 도대체 맛술의 정체는 뭘까? 기본적으로는 알코올 성분으로 요리의 잡내를 잡는 것이 주목적이다. 시중에 파는 '미림'은 롯데에서만 나오는 제품으로 알코올 도수가 14%나 되는데 도수가 높아서 육류나 생선의 비린내 제거할 때 쓴다. 반면 알코올 도수가 1% 미만인 '요리술'이나 '맛술'은 약간의 식초, 과당, 향료가 더해져 있는 액체이다. 산미와 단미로 요리에 풍미를 더하고, 자연스럽게 수분을 더하며 윤기와 농도를 조절한다.

알코올 도수가 강한 맛술이 필요한 요리에는 다른 술을 쓰면 된다. 먹다 남은 소주나 화이트 와인, 청주를 소량 넣는다. 향이 강하지 않은 술들을 쓸 수도 있다. 먹다가 남은 술이 있으면 유용하다. 혹은 요리용으로 소주 한 병을 구비해두는 것도 좋은 방법이다. 가격도 저렴할뿐더러 알코올 도수가 높아서 세균이나 곰팡이가 번식할 수 없다. 아무렇게나 보관해도 상하지 않아서 싱크대 밑에 오래 보관

 완벽하게 갖추지 않아도 충분한 요리법

해놓고 어쩌다 높은 도수의 맛술이 필요할 때 넣는다. 혹은 장아찌를 만들 때 소주를 조금 추가하면 간장 물을 끓이지 않고도 곰팡이가 피는 것을 방지한다. 맛이 별로인 레드 와인이나 화이트 와인도 작은 병에 옮겨 냉장고에 넣어두면 술이 필요한 요리에 쓸 수도 있다. 레드 와인은 양파 수프나 오래 졸이는 요리에, 화이트 와인은 구운 채소의 드레싱 또는 해산물 요리에 활용하면 좋다.

무침이나 볶음 요리에 들어가는 맛술은 기본양념으로 대체할 수 있다. 생강 맛술의 원재료를 뜯어보면 '정제수, 과당, 식초, 설탕, 생강농축액, 사과농축액, 주정, 기타가공품, 맥아액기스'라고 쓰여 있다. 결국 물에 단맛과 약간의 산미를 내고, 과일이나 생강의 향을 첨가한 액체인 것이다. 단맛과 산미는 요리의 빈 곳을 채워준다. 결론적으로 맛술은 요리의 입체감과 완성도를 쉽게 채워주도록 만들어진 양념인 것이다! 따라서 맛술이 없다면 물, 설탕, 식초를 섞으면 충분히 대체할 수 있다. 맛술 1큰술(15ml)이 필요하다면 물 2/3큰술에 설탕 1/3큰술, 식초 3~4방울을 첨가하면 얼추 비슷한 당도와 산미가 생긴다. 여기에 식초를 과일 식초를 쓰거나 설탕 대신 과실 청을 쓰면 금상첨화다. 과실 향까지 첨가할 수 있으니 말이다.

비빔장에서 주로 맛술은 간을 맞추기보다는 고춧가루나 고추장의 뻑뻑한 농도를 묽게 만들면서 동시에 단맛, 상큼한 맛, 과실 향으로 상쾌함을 돋우는 역할을 한다. 또 약간의 과당으로 요리의 윤기를 더한다. 그러므로 맛술과 비슷하게 조합한 양념으로도 충분하다.

볶음 요리에 넣는 맛술도 마찬가지다. 볶는 재료의 잡내를 잡으면서 향을 돋운다. 물을 살짝 더하는 것만으로도 충분히 농도를 조절할 수 있고, 소량의 식초, 마무리로 설탕 약간 첨가하는 것만으로도 충분하다. 그러니 맛술이 없다고 해서 더 이상 두려워하지 말자. 이미 있는 재료만으로도 충분하다.

레몬즙, 산뜻한 신맛과 시트러스의 향

레몬즙의 역할은 명확하다. 요리에 '신맛'과 '향'을 더하는 것. 하지만 레몬즙이 없다고 해서 요리를 못하는 것은 아니다. 우리에겐 식초가 있으니까. 다

 완벽하게 갖추지 않아도 충분한 요리법

만 레몬즙과 식초의 신맛은 맛의 결이 다르다. 레몬즙이 발랄하고 산뜻한 신맛이라면, 식초는 조금 더 직관적이고 쿰쿰한 신맛이다. 따라서 요리에 들어가는 레몬즙이 단순히 '신맛과 향'을 담당하는 것인지, 혹은 또 다른 기능을 담당하는 것인지를 먼저 파악할 필요가 있다.

만약 드레싱이나 찍어 먹는 소스에 레몬즙이 들어가는 경우라면 신맛과 산뜻한 향을 내는 것이 목적이다. 단순히 식초만 넣으면 신맛이 너무 강하기 때문에 결과가 너무 달라질 수 있어서 식초의 양은 1/3이나 절반 정도로 줄여서 넣는다. 산뜻한 향을 첨가하기 위해서는 사과 식초와 같이 과일로 만든 식초를 넣는다면 얼추 산뜻한 느낌을 줄 수 있다.

생레몬을 짜서 레몬즙을 넣거나, 레몬의 제스트를 첨가하는 경우라면 다른 시트러스 과일을 활용하는 것도 훌륭한 대안이다. 겨울에 쉽게 구할 수 있는 귤이나 천혜향, 오렌지 즙을 짜서 레몬즙 대신 넣는다. 껍질도 깨끗이 씻어 섬유질을 얇게 잘라낸 뒤, 잘게 썰어서 첨가하면 향도 훨씬 풍부해진다.

레몬청을 미리 만들어두는 것도 방법이다. 나는

항상 레몬청이나 유자청을 만들어둔다. 레몬즙이 필요한 요리에 레몬즙 대신 레몬청을 넣으면 시판 레몬즙보다도 훨씬 살아 있는 레몬 향을 첨가할 수 있기 때문이다. 다만 설탕이 어느 정도 들어가도 어색하지 않은 요리여야 잘 어우러진다. 레몬청을 만들어두면 피클을 만들 때 마지막에 한 스푼을 첨가해도 좋고, 샐러드드레싱에도 훌륭한 재료가 된다. 할인 중인 레몬이 보인다면 그냥 지나치지 말고 레몬청을 미리 만들어두자.

베이킹에서도 레몬즙을 넣는 경우도 있다. 식초, 레몬즙 모두 pH가 낮은 산성 물질이다. 레몬즙은 베이킹소다와 반응해 반죽을 부풀게 하거나 머랭을 단단하게 하거나 식감을 부드럽게 만들기 위해 넣는다. 따라서 pH 수치가 비슷한 식초로 대체할 수 있다. 단, 신맛이 강하고 쿰쿰한 맛이 날 수 있기 때문에 레몬즙보다 양을 적게 넣는다. 양이 적어지면 베이킹의 안정성이 낮아질 수도 있다는 점은 어느 정도 고려해야 한다.

 완벽하게 갖추지 않아도 충분한 요리법

콩을 발효시킨 것이 간장이라면, 생선을 발효시킨 게 액젓이다. 특유의 꼬릿한 향과 진한 감칠맛 때문에 한식 요리에 단골로 쓰인다.

김치, 국, 무침 어느 하나 액젓이 들어가지 않은 요리를 찾기가 어렵다. 나도 비건식을 하기 전에는 그 좁은 주방에 멸치 액젓은 꼭 구비해뒀을 정도로, 액젓 없이 어떻게 국을 끓이고 나물을 무칠지 상상할 수 없는 사람이었다. 그만큼 한식과 액젓은 일식의 가쓰오부시처럼 떼려야 뗄 수 없는 관계다. 마지막 멸치 액젓 통을 비웠을 때, 나는 더 이상 액젓 없이도 국을 맛있게 끓이고 나물을 맛있게 무치는 방법을 강구해야만 했다. 그렇게 4년이 지난 지금 내린 결론은 액젓 없어도 충분히 맛있게 만드는 방법이 무수히 많다는 사실이다. 액젓을 필수 양념으로 갖추지 않아도 충분히 맛있는 한식을 만들 수 있다.

액젓은 감칠맛이 나는 짠맛의 액체다. 그리고 생선의 단백질을 발효시켜 얻은 아미노산(감칠맛)과 소금(짠맛)이 결합한 액체다. 그러니 짠맛과 감칠맛만 채워주면 되는 셈이다. 짠맛은 간장이나 소금

으로, 감칠맛은 조미료로 대체할 수 있다. 액젓 1큰
술이 필요하다면 간장과 물 반 숟가락을 섞고 연두
나 다시다 가루를 조금 넣는다. 액젓 특유의 비린내
는 없으면서도 입에 착 감기는 감칠맛은 그대로 살
릴 수 있다. 액젓 없이도 간장만으로도 국이나 나물
은 물론이고 겉절이, 김치까지 부족함 없이 해 먹고
있다.

간장은 국간장을 쓰는 것이 액젓과 가장 염도가
유사하지만, 진간장을 쓴다면 간장의 양을 1/3큰술
까지 줄이고 약간의 소금, 조미료를 첨가하면 된다.
이런 방식으로 국도 얼마든지 맛있게 끓일 수 있다.

액젓과 비슷한 피시 소스도 마찬가지다. 간장에
물, 조미료, 식초, 설탕을 배합했을 때 만약 액젓 특
유의 감칠맛에 비해 아쉽다면 다시마를 활용하는
방법도 있다. 다시마를 우린 물을 활용하거나 국을
끓일 때 다시마 한 장을 추가하면 충분히 깊이 있
는 감칠맛을 만들 수 있다.

매실청, 매실 향을 품은 설탕물

"매실청 없어도 되나요?"

 완벽하게 갖추지 않아도 충분한 요리법

깻잎 냉파스타 레시피에 가장 많은 질문을 받았던 질문이다. 질문에 답부터 하자면 '설탕, 식초, 물 약간'으로 대체할 수 있다. 이미 냉파스타 소스에 들어가는 재료들이기 때문에 조금씩 증량하면 된다. 매실청이 없어도 깻잎 냉파스타의 맛에는 큰 영향을 주지 않는다. 그러나 매실청을 썼던 이유는 마침 그해에 직접 담근 매실청이 있었기 때문이다. 친구네 농장에서 따온 황매실에 마스코바도 설탕을 섞어 만들었는데 마스코바도 특유의 캐러멜 같은 향과 황매실의 달콤한 향, 강한 산미가 어우러져 독특한 풍미가 있어서 드레싱에 쓰는 경우가 많았다. 특히 황매실 특유의 향과 산미가 들깻가루의 기름진 느낌을 잘 잡아주었기 때문이다. 그러나 식초와 설탕만으로도 역할은 충분하다.

매실은 그냥 먹으면 정말 시다. 게다가 씨앗과 과육에 '아미그달린'이라는 독성 물질을 품고 있어 생으로 먹기에는 위험하다. 그러나 설탕에 오래 숙성되는 동안 독성 물질이 사라지고, 매실의 유효 성분들이 빠져나와 수분과 신맛, 매실 특유의 풍미를 간직한 시럽이 된다. 이렇게 만들어진 매실청은 소화를 돕고 피로 회복에 도움을 주며 특유의 산도 덕분에 여름철에 요리가 상하는 속도를 더디게 만드는 데도 한몫한다.

매실청 역시 한식 요리에 단골처럼 등장한다. 단순히 성분 조성으로만 살펴보자면 매실청의 본질은 매실의 수분과 향이 녹아든 '설탕물'이다. 그러나 단순히 설탕물이라고만 치부할 수는 없다. 매실의 수분이 있기 때문에 동량의 설탕보다 당도가 낮기 때문이다. 설탕으로 대체할 때는 매실청 1큰술(15ml)을 기준으로 물 2/3큰술에 설탕 1/2큰술, 식초 1/3큰술을 섞으면 유사한 당도와 산미를 만들어 낼 수 있다. 물론 매실 특유의 향긋함과 풍미까지 재현해낼 수는 없겠지만 맛을 내는 데에 있어서는 부족함이 없을 것이다. 사과를 발효한 애플 사이다 비니거나 과일 발효식초를 쓰면 조금 더 산뜻한 쿰쿰함을 추가할 수 있어서 숙성된 매실의 향과 비슷한 느낌을 낼 수도 있다.

 완벽하게 갖추지 않아도 충분한 요리법

집밥을 쉽게 반복하는
여섯 가지 방법

2022년 1월부터 지금까지, 나는 매주 내가 먹은 것들을 블로그에 기록해오고 있다. 햇수로 꽉 채운 4년. 단 한 번도 빼먹지 않고 매주 기록했다. 당연히 일주일 대부분의 요리는 집밥이다. 사람들이 가장 많이 궁금해하는 점은 "도대체 집밥을 그렇게 꾸준히 해 먹느냐"였다.

식단을 기록하기 시작한 가장 큰 이유는, 매 끼니 내가 무엇을 먹는지 스스로 의식하고 싶었기 때문이다. 그때는 비건 식단으로 전환하던 시기여서 내가 뭘 먹고 싶어 하고 무엇을 먹는지 기록하고 싶었고 그것만으로도 내가 먹는 것을 자각하고 습관을 유지하는 데에 큰 도움이 되었다.

두 번째 이유는 밥 해 먹는 일상이 너무 즐거웠기 때문이다. 나는 늘 하루의 모든 끼니를 직접 만들어 먹는 삶을 한 번쯤 살아보고 싶었다. 어렸을 때부터 밥 해 먹는 일이 내게는 남다른 감각으로 여겨졌고, 스스로를 잘 먹이는 삶을 늘 꿈꿨다. 삶에서 언제 다시 찾아올지 모르는 이 순간들을 기록하고 싶었다. 먹고 싶은 요리들을 제한 없이 마음껏 해 먹는 일상은 나에게 생산적인 일을 하지 않아도 충분히 행복할 수 있다는 걸 처음으로 알려주었다.

내 입맛에 딱 맞는 나만의 요리

새로운 행동이 완전히 습관으로 자리 잡기까지 1년 6개월이라는 시간이 필요하다고 한다. 2년이 지났을 때쯤, 채소 집밥을 유지하기 전의 삶으로 돌아가는 것이 더 어려워졌음을 깨달았다. 게다가 밥 해 먹는 일이 더 큰 즐거움을 준다는 것도 경험했

     집밥을 쉽게 반복하는 여섯 가지 방법

다. 지금은 사업을 시작하며 회사에 다닐 때보다 여유가 없는 삶을 살고 있지만 집밥은 내 삶에 들어와 완전히 자리 잡았다. 외부 일정이 있거나 어쩔 수 없을 때는 외식을 하기도 하지만 여전히 '채소 집밥'이 기본값이다.

집밥은 나의 정신을 지탱하는 내면의 집이다. 내 입맛에 딱 맞는 맛있는 요리로 하루의 고단함을 달래고, 균형 잡힌 식단과 영양으로 매일의 에너지를 얻고 회복한다. 무엇보다 집밥이 생활 방식으로 자리 잡으며 어떤 일에도 쉽게 무너지지 않게 하는 힘을 길렀다.

내가 매일 집밥을 꾸준히 유지할 수 있었던 현실적인 비법들을 모아보았다. 새해의 작심삼일로 집밥 루틴이 쉽게 무너졌거나, 집밥을 유지하기 어려웠다면 이 방법들이 도움이 되었으면 좋겠다.

1. 20분 내로 완성하는 한 가지 요리 만들기

집밥을 지속하는 데 필요한 제1원칙은 '무조건 쉽게'이다. 새로운 습관이 일상으로 자리 잡기 위해서는 무조건 쉬워야 한다. 큰맘 먹고 차려야 하는 밥상은 며칠 못 가 무너진다. 행동을 시작할 때 들이는 에너지가 적어야 오래 반복할 수 있다. 그래서 나는 본격적인 요리는 한 끼에 딱 하나만 만든다. 파스타면 파스타, 볶음 요리면 볶음. 화구도 가급적 하나만 쓰려고 한다. 화구가 두 개 필요한 파스타를 만들더라도, 면을 삶는 동안 동시에 팬을 예열하고 재료 손질이 쉬운 버섯, 양파 같은 식재료를 선택해서 조리 시간을 20분 이내로 단축한다. 전자레인지로 조리하는 파스타 쿠커 같은 도구를 사용하는 방법도 효율적이다.

조리 시간은 가급적 20분을 넘기지 않으려 노력한다. 20분이 기준인 이유는, 음식점에 찾아 들어가서 주문 후 요리가 나오기까지의 시간과 비슷하기 때문이다. 또 배달 음식의 평균 소요 시간도 20분부터 시작된다. 조리 시간이 배달 시키고 기다리는 시간보다 짧아야 '그냥 해 먹는 게 낫다'라는 생각이 들기 때문이다. 요리 시간이 길어지면 배고픔에 지쳐 "내가 왜 이 고생을 하고 있나" 하는 부정적인 생각이 들기 쉽다. 청포묵을 쑤다 주저앉아 울어 버린 예전의 나처럼 말이다.

　　　　　　　　집밥을 쉽게 반복하는 여섯 가지 방법

허기짐은 종종 답이 없는 부정적인 생각들을 동반한다. 너무 배고플 때 가장 쉽고 빠른 요리로 허기를 달래는 것이, 집밥을 멀리하지 않게 만드는 비결이다.

20분 이내로 만드는 요리법들을 평소에 모아두면 도움이 된다. 나도 SNS에 올리는 요리들은 대부분 20분 이내로 손쉽게 만들 수 있는 것을 기준으로 설계한다. 20분 이내의 레시피를 따라 하다 보면 유독 과정이 재밌으면서도 내 입맛에 잘 맞는 요리들을 발견할 수 있다. 이런 방식으로 20분 이내로 뚝딱 만들 수 있는 요리를 늘려나간다. 서너 가지만 생겨도 집밥에 자신감이 붙는다. 레시피를 보지 않아도 이 요리만큼은 자동으로 만들 수 있게 되고, 내 입맛에 맞게 조금씩 변형하면서 '나만의 요리'로 자리 잡아 간다. 그러면서 요리 실력도 점점 늘어나고, 내가 만든 요리가 더 큰 만족감을 주면서 집밥에 흥미가 생기기 시작한다.

2. 저장 반찬 활용해서 식탁을 풍성하게

사실 한 가지 요리만 만들고 식사를 하다 보면

좀 아쉽긴 하다. 곁들이는 음식들은 그 아쉬움을 채워주고 끼니의 만족도를 높여준다. 특히 채소 집밥에서는 다양한 채소를 번갈아 가며 꾸준히 먹는 것이 영양 섭취에도 도움이 된다. 이때 맛뿐만 아니라 영양상으로 보완할 수 있도록 '저장 반찬'을 적극 활용한다. 김치, 장아찌, 피클, 통조림 같은 것들 말이다.

식탁 위에 파스타 하나만 덜렁 놓고 먹는 것보다 파스타 맛에 잘 어울리는 상큼한 피클을 곁들이거나, 씻기만 한 샐러드에 피클만 올려도 금세 그럴듯한 요리를 만들어낼 수 있다. 올리브 절임이나 케이퍼, 삶은 콩 같은 시판 제품을 활용하는 방법도 효율적인 대안이다.

한식에 잘 어울리는 김치나 양파장아찌, 고추장아찌 같은 것도 좋다. 장아찌는 전골 요리나 전을 먹을 때 활용하면 잘 어울린다. 전골의 채소들을 찍어 먹을 간장으로 장아찌 간장을 활용할 수도 있다. 장아찌에 유자청이나 레몬청을 살짝 곁들이기만 해도 전골 요리를 훨씬 더 풍성하게 만들어준다.

혹은 시간이 날 때 콩조림, 깻잎 절임이나 풀을

     집밥을 쉽게 반복하는 여섯 가지 방법

쑤지 않고 간단히 만들 수 있는 김치류(양파김치, 대파김치 등)를 만들어둔다. 언제든 꺼내서 곁들일 수 있는 든든한 반찬이 냉장고에 준비되어 있으면 한 가지 요리를 해도 충분히 풍성한 식사를 할 수 있다. 또는 한 가지 요리를 만들 때 1.5~2배 분량으로 만들어서 다음 끼니에 곁들여 먹는다. 먹을 요리가 다양하면 맛을 풍성하게 할 뿐만 아니라 맛도 조화롭고 집밥 전반의 만족도까지 높여준다.

3. 오늘의 내가 보내는 미래의 나를 위한 밀프렙

퇴근 후 요리할 시간과 에너지가 부족할 때. 이런 날 나를 도와주는 건 '과거의 나'다. 나는 여유가 있을 때 미래의 나를 위해 식재료나 먹을거리를 준비해둔다. 자기 전이나 출근 전에 콩이나 당면, 말린 나물을 불린 후 냉장고에 미리 넣어두는 식으로 말이다. 조리할 때 간단히 삶아서 냉장고에 넣어두면 일주일 동안 요긴하게 쓸 수 있다. 혹은 일요일 밤에 양파, 애호박, 당근 같은 재료를 썰어서 냉장고에 넣어두기도 한다.

밀프렙을 하는 방식도 유용하다. 밀프렙으로 가

장 많이 활용하는 메뉴는 '두부 강된장'과 '수프'다. 두부 강된장은 한번 만들 때 넉넉하게 만들면 평일 동안 도시락과 빠른 저녁 메뉴로 제격이다. 잎채소만 씻은 다음 비빔밥을 해 먹거나, 양배추나 케일을 데쳐서 쌈밥 도시락을 싸기에도 유용하기 때문이다. 또 감자 수프, 단호박 수프, 당근 수프를 만들 때면 바쁜 미래의 나를 위해 선물한다는 생각으로 넉넉하게 만든다. 양이 넉넉해야 믹서기에 가는 작업도 수월한 것도 장점이다. 소분해서 냉동실에 넣어두고 배고플 때 전자레인지에 데워서 빵과 샐러드만 곁들이면 훌륭한 식사가 된다. 보관 기간은 냉동실에 한 달 정도가 적당하다.

밀프렙을 할 때 주의할 점은 자신이 선호하는 밀프렙 방식을 찾아야 한다는 점이다. 개인적으로 나는 매 끼니 같은 요리를 먹는 것을 좋아하지 않고, 방금 만든 요리를 선호하기 때문에 일주일 치를 냉장고에 보관한 밀프렙 요리에는 잘 손이 가지 않았다. 또 냉장고에 보관할 때 생채소가 물러지거나 조리한 요리가 2~3일을 넘어가면 상할 수도 있기 때문에 음식 상태를 잘 확인하고 먹어야 한다. 나는

 집밥을 쉽게 반복하는 여섯 가지 방법

주로 강된장이나 카레 같은 양념류(숙성되면서 오히려 맛있어진다), 냉동 보관할 수 있는 수프나 후무스 같은 메뉴에 활용한다. 국을 두세 번 먹을 분량으로 만들어서 냉장고에 넣어두고 그때그때 끓여서 곁들여 먹기도 한다.

4. 아무것도 사지 마세요, 완벽히 비우는 성취감

집밥을 본격적으로 시작하면 흔히 범하는 실수가 '장비발'부터 세우는 것이다. 운동을 시작하면 괜히 운동복부터 구비하고 싶은 마음이 생기는 것처럼, 각종 도구나 양념들을 제대로 갖추고 싶어진다. 하지만 집밥을 지속하고 싶은 이들에게 나는 단호하게 권한다.

"아무것도 사지 마세요."

식재료와 운동복은 다르다. 오래 두면 결국 상한다. 상해서 버리게 되면 죄책감이 들고, 그 부정적인 경험은 결국 집밥으로부터 멀리하게 만든다. 기본양념인 소금, 설탕, 간장, 식초, 식용유면 충분하다. 고춧가루가 꼭 필요한 요리가 여러 개 쌓이면 그때 고춧가루를 들여도 절대 늦지 않다. 무거운 솥이나 예쁜 그릇, 오븐이나 믹서기도 마찬가지다. 내 집밥 스타일이 잡히기도 전에 산 도구들은 결국 짐이 되고 방치된 모습을 볼 때마다 무의식적으로 후회하게 된다.

특히 처음 시도하는 식재료는 가장 작은 단위부터 먼저 사보길 권한다. 저렴하다고 해서 대용량으로 구매하고 싶은 유혹을 뿌리쳐야 한다. 나도 행사 기간의 혜택 때문에 한 박스에 24개 들어 있는 통밀 파스타를 대용량으로 구매한 적이 있었다. 처음 사본 브랜드의 통밀 파스타는 내 입맛에 맞지도 않았고, 소비기한이 임박한 제품이라 그런지 맛도 없었다. 결국 1년 넘게 그 맛없는 파스타를 비우느라 곤욕을 치렀다. 아무리 소비기한이 긴 공산품이고 혜택이 좋다 한들, 이전에 경험해본 적 없는 식재료라면 대용량으로 쟁여두는 모험을 하지 말자.

신선 식품을 살 때는 본격적으로 장 보고 싶은 마음을 더 자제해야 한다. 집밥 초보라면 '단 하나의 채소'만 사 오는 것부터 시작해보라고 하고 싶다. 이번 주는 무 하나, 다음 주는 양배추 한 통. 이렇게 하나씩 사 와서 다양하게 해 먹으며 채소 하

    집밥을 쉽게 반복하는 여섯 가지 방법

나를 온전히 소진해본다.

완벽하게 비우는 뿌듯함을 경험하고, 이를 반복하는 것이 핵심이다. 또 하나의 채소에 집중하다 보면 내가 정말로 좋아하는 채소와 조리법을 발견하기에도 수월하다. 점점 집밥 취향이 뚜렷해지고 요리에 익숙해질 때쯤 천천히 가짓수를 늘려나가는 것도 집밥의 즐거움이다.

냉장고 속 채소 하나를 온전히 비웠을 때의 뿌듯함. 양념 병 하나를 바닥까지 알뜰하게 사용했을 때의 기쁨. 이 작은 성취감들이 쌓여 집밥을 반복하게 하는 동력이 된다. 그러니 쇼핑 리스트를 가득 채우기 이전에 가지고 있는 재료와 한 가지 채소만으로 완벽하게 비우는 기쁨을 먼저 경험해보자.

5. 내 입맛에 딱 맞는 '간' 찾기

집밥을 오래 유지하려면, 무엇보다 맛이 있어야 한다. 내 입맛에 딱 맞는 요리는 간이 잘 맞는 요리다. 보통 집밥이 맛이 없는 경우는 크게 두 가지다. 양념을 너무나 제한한 나머지 재료의 맛이 살지 않아 싱겁거나, 반대로 맛을 내겠다고 과하게 짜거나 달아지는 경우다. 둘 다 간의 균형이 무너지면서 우리는 어딘가 부족하다고 느낀다.

집밥의 가장 큰 장점은 '내 입맛에 완벽하게 간을 찾을 수 있다'는 점이다. 실패하지 않고 간을 찾는 요령은 간단하다. 레시피보다 조금 부족한 정도로 양념을 넣는다. 그리고 맛을 보며 조금씩 양념을 추가해본다. 짜게 된 요리는 되돌리기 어렵지만, 싱거운 요리는 얼마든지 빈 곳을 채울 수 있다.

조금씩 맛을 보면서 '아, 이거다!' 싶은 간의 정도를 예리하게 찾아보는 과정. 내 감각에 오롯이 집중하며 나만의 '영점'을 찾아가는 과정은, 나라는 사람을 탐구하는 시간이기도 하다. 쉽지 않더라도 내가 만족하는 간을 찾게 되면 어떤 요리도 내 입맛에 맞게 만들 수 있다는 자신감이 생긴다. 그러니 건강한 집밥을 먹겠다고 소금이나 설탕을 너무 강박적으로 제한하거나, 반대로 밖에서 파는 맛을 내겠다고 양념을 쏟아붓는 욕심을 내려놓자.

처음 시작하는 마음으로 차분히 간을 보며 나만의 맛을 찾아가다 보면, 집밥은 어느새 가장 즐거운 탐험이 되어 있을 것이다.

 집밥을 쉽게 반복하는 여섯 가지 방법

6. 설거지까지가 집밥이다. 먹자마자 바로 치우기

집밥을 계속 해 먹는 데 설거지는 의외로 중요한 요소다. 집밥은 단지 요리하고 먹는 것에서 끝나지 않는다. 설거지하고 물기를 말리고 싱크대를 정리하는 것까지가 집밥의 과정이다. 싱크대에 쌓인 그릇과 부엌이 지저분하면 나도 모르게 스트레스를 받는다. 무질서하게 방치된 부엌을 보며 느끼는 답답함과 압박감은 요리를 시작하기 싫은 마음으로 이어진다. 집밥의 걸림돌이 된다. 이럴 때는 미루지 않고 바로 치우는 것만이 답이다.

나는 식사가 끝나면 귀찮다는 생각이 생길 겨를도 없이 곧장 빈 그릇을 들고 싱크대로 직행한다. 쉽게 몸이 움직여지지 않는다면 일단 재미있는 영상부터 찾아 싱크대에서 볼 수 있게 틀어놓는다. 보고 싶었던 영상을 보면서 설거지를 시작하면 일단 기계적으로 하게 된다. 일단 설거지를 시작하면 뒷정리는 어렵지 않다. 이왕 하는 김에 뒷정리와 마무리까지 하게 된다.

또 요리 중간중간에 조금씩 정리하면 설거지와 뒷정리가 훨씬 수월해진다. 사용하고 남은 재료들은 냉장고에 미리 넣어 정리한다. 끓이거나 볶으면서 기다리는 시간 동안 양념을 제자리에 두는 것만으로도 나중에 할 일이 크게 줄어든다.

요리에 썼던 크기가 큰 냄비나 볼 같은 것들을 미리 씻어서 설거지의 부피를 줄인다. 부피가 큰 것만 줄여도 설거짓거리가 훨씬 적어 보여서 마무리할 때 부담이 덜하다.

말끔하게 정돈된 부엌을 바라보며 불을 탁 끄는 순간. 이 소리는 오늘 하루를 제대로 살았다고 알려주는 신호다. 이때만큼은 어려운 뒷정리까지 해낸 스스로에게 마음껏 감탄하며 휴식하자. 집밥의 마무리까지 완벽할 때 비로소 느껴지는 온전한 뿌듯함은 내일의 집밥도 즐거울 것이라고 속삭여줄 것이다. 이런 경험을 반복하면 집밥이 습관이 되는 것은 시간문제다.

 집밥을 쉽게 반복하는 여섯 가지 방법

채소 집밥이
나에게 가르쳐준 것들

나는 누구나 잘하는 것이 분명 하나씩은 있다고 믿는다. 남들은 힘들어하는데 나에게는 쉬워서 꾸준히 할 수 있는 일. 애쓰지 않아도 자연스럽게 매일 하게 되는 일. 어쩌면 인생의 미션은 나만의 고유한 영역을 찾는 과정이 아닐까 생각했다.

나 역시 내가 잘하는 게 무엇일지 늘 궁금했다. 오랫동안 그림을 그렸고, 전시 기획과 서비스 기획자로 10년 넘게 일하며 나름 성실하게 살았다. 돌이켜 보면 그 성실함은 사실 불안에서 비롯된 것이었다. 남들보다 배로 노력하며 잘하는 척 애를 썼다. 남들의 시선에는 의연한 척했지만 집에 돌아가서는 혹시라도 실수한 게 없을까 살얼음판을 걷는 기분이었다. 내 몸에 맞지 않는 옷을 입은 듯 불편한 날들이었다. 스스로 확신을 가지고 앞서가는 이들을 보며, 나는 언제쯤 나에게 꼭 맞는 자리를 찾을 수 있을지 조바심이 났다.

인생에서 마지막이라고 생각한 회사를 그만두었을 때, 나는 내가 잘하는 일을 찾는 것을 더는 미룰 수 없다고 느꼈다. 내가 되고 싶어 하는 모습에 비해 내가 잘하는 영역이 초라할까 봐 걱정되기도 했지만 그게 무엇이든 받아들이겠다고 용기를 냈다.

회사에 다니지 않으니 온전히 내가 쓸 수 있는 시간이 주어졌다. 나는 평소 쫓기듯 해 먹었던 '밥 해 먹는 일'에 깊이 파고들었다. 해보고 싶었던 요리들을 마음껏 해보고, 빵을 굽고, 만두를 빚었다.

밖으로 나가는 대신 나와 보내는 시간이 많아졌다. 매일 먹은 것들을 기록하고, 자기 전 침대에 누워 내일의 메뉴를 고민하고, 아침에 일어나 실행에

    채소 집밥이 나에게 가르쳐준 것들

옮기는 일을 반복하며 문득 깨달았다. 어쩌면 내가 가장 잘하는 일은 '밥 해 먹는 일'이겠구나. 집밥은 나를 가장 나답게 만들어주고 있었다. 문제는 내가 잘하는 일이 업무적인 능력이나 돈이 되는 일에서 한참 멀어져 있었다는 점이다. 잘하는 일을 업으로 삼지 못할 수도 있다는 점도 깨달았다.

내가 집에서 밥을 해 먹기 시작하니 다들 식당을 열거나 요리 클래스를 하라고 권했다. 그러나 나는 '요리'와 '집밥'은 다르다고 생각한다. 요리가 맛을 내는 기술이자 타인에게 대접하기 위한 '업(業)'의 영역이라면, 집밥은 나를 살리는 '돌봄'의 기술에 가깝다. 집밥을 매일 잘 해 먹을 수 있다고 해서 뛰어난 셰프가 되거나 대박 식당을 운영하지는 못할 것이다. 그 둘은 전혀 다른 영역이다. 게다가 엄마는 오랫동안 식당을 운영하며 많은 사람에게 밥을 만들어주었지만, 정작 자기 자신을 돌보지는 못했다.

밥 해 먹는 일을 잘해도 세상이 주는 보상은 없다. 누군가가 '대단하다'고 말해주면 잠시 기분이 좋을 수는 있겠지만, 집밥은 타인이 아닌 나를 향한 일이기에 그 자체로 충분하다. 집밥은 '어떻게 살아갈 것인가'와 직결되어 있다. 꾸준한 운동이 단단한 몸을 만들듯, 집밥을 꾸준히 짓는 근력을 가진 사람은 흔들림 없는 일상을 살아갈 수 있다. 집밥은 매일 마주하는 일상 그 자체이기 때문이다. 그러니 먹는 일은 결코 사소하지 않다. '어떻게 먹는가'는 결국 '어떻게 나를 대할 것인가'와 연결되어 있다.

나는 집밥의 중심에 '채소'를 두었다. 이 책에서 줄곧 채소의 잠재력에 대해 이야기한 이유는, 채소가 우리 같은 존재와 닮아 있기 때문이다. 화려한 주인공 주변에 늘 존재했던 조연들. 세상을 움직이고 굴러가게 하는 것은 바로 이 보통의 존재들이다.

마블링이 화려한 고기를 보며 감탄하는 일은 쉬워도, 마트 매대에 쌓인 무를 보며 감탄하기란 쉽지 않다. 그러나 애정을 가지고 들여다보면 울퉁불퉁한 감자도, 투박한 당근도, 곧게 뻗은 대파 뿌리도 저마다의 경이로움을 품고 있다. 다만 흙에 묻혀 잠시 가려져 있을 뿐이다.

더 이상 거창한 무언가가 되려고 애쓰지 않고,

　　　　　　　채소 집밥이 나에게 가르쳐준 것들

그저 온전히 나를 먹이는 일상에 집중하기 시작했을 때 매일이 특별해졌다. 지금 내 앞에 놓인 토마토 한 알도 쉽게 만들어진 것이 아니다. 태양과 흙과 바람, 수많은 사람의 수고를 거쳐 내게 온 것이다. 그 과정을 떠올리면 기적이 아닌 것이 없다. 이렇게 매 끼니 만나는 채소들이 반짝반짝 빛나 보이기 시작하면, 하루 세 번의 식사 시간은 감탄으로 채워진다.

1년이면 대략 천 번의 식사를 한다. 그 천 번의 감탄을 거치며 달라진 것은 결국 나였다. 소박하게라도 나를 제대로 돌보기 시작하자 회복하는 힘이 길러졌다. 그 순간들이 층층이 쌓여 어느새 스스로에 대한 '확신'과도 같은 믿음이 생겼다. 오랜 시간 거창하게 찾아 헤매던 것을, 나는 매일 해 먹는 집밥에서 찾았다.

집밥은 누구나 시도할 수 있는 가장 쉬운 돌봄의 수단이다. 요리 실력이 뛰어나지 않아도 괜찮다. 아니, 요리를 잘할 필요도 없다. 투박하게 채소를 썰고, 찌거나 굽는 것만으로도 충분하다. 중요한 건 완벽하게 맛있는 요리가 아니라 '집밥을 반복하는 힘'에 있다.

집밥이 나를 돌보는 수단이라는 것을 받아들이게 되면 어떤 순간에서도 나를 함부로 대하지 않게 된다. 또 밥을 해 먹는 일의 수고로움을 알게 된 후에는 어쩌다 외식하러 들어간 식당 사장님에게도 내 대신 밥을 해준 수고에 감사하게 된다.

너무 힘들고 지친 날까지 무리해서 부엌에 설 필요는 없다. 집밥에서 가장 필요한 마음가짐은 "오늘 무너지더라도 내일부터 다시 하지 뭐" 하며 가볍게 넘기는 태도다. 오늘 못했다면 내일 하면 된다. 그 마음가짐이 삶을 덜 고단하게 하고, 층층이 쌓여 힘든 순간에도 다시 일어설 힘을 준다.

매일 주워 온 작은 돌멩이가 쌓여 단단한 탑이 되듯, 내가 채소 집밥으로부터 배운 것은 나를 살리는 힘이었다. 만약 흔들리는 삶 속에 헤매고 있다면 채소 집밥을 일상에 들여보기를. 그 단정한 한 끼는 소박하지만 단단하게 나를 돌봐줄 것이다. 스스로 밥을 지어 먹으며 오늘을 살아내는 모든 존재를, 매일의 집밥을 진심으로 응원한다.

   채소 집밥이 나에게 가르쳐준 것들

KI신서 16216

제철 채소 먹는 기쁨

계절의 감각을 깨우는 작고 신선한 사치

1판 1쇄 인쇄 2026년 3월 20일
1판 1쇄 발행 2026년 4월 1일

지은이 정고메(정혜성)
펴낸이 김영곤
펴낸곳 (주)북이십일 21세기북스

출판1본부 본부장 장미희
서가명강팀 팀장 양으녕 **책임편집** 서진교 **마케팅** 김주현
교정교열 이희숙
디자인 studio forb
마케팅영업부문 정지은
영업팀 김지윤 강경남 김도연
e-커머스팀 장철용 명인수 황성진
제작팀 이영민 권경민

출판등록 2000년 5월 6일 제406-2003-061호
주소 (10881) 경기도 파주시 회동길 201(문발동)
대표전화 031-955-2100 **팩스** 031-955-2151 **이메일** book21@book21.co.kr

(주)북이십일 경계를 허무는 콘텐츠 리더

21세기북스 채널에서 도서 정보와 다양한 영상자료, 이벤트를 만나세요!
페이스북 facebook.com/jiinpill21 **포스트** post.naver.com/21c_editors
유튜브 youtube.com/book21pub **인스타그램** instagram.com/jiinpill21
홈페이지 www.book21.com

© 정고메(정혜성), 2026
ISBN 979-11-7357-916-5 (03810)

· 책값은 뒤표지에 있습니다.
· 이 책 내용의 일부 또는 전부를 재사용하려면 반드시 ㈜북이십일의 동의를 얻어야 합니다.
· 잘못 만들어진 책은 구입하신 서점에서 교환해 드립니다.